KB106317

사랑하는 그대에게

사랑하는 그대에게

발행일 2018년 2월 28일

지은이 千 雪 恩
펴낸이 손 형 국
펴낸곳 (주)북랩
편집인 선일영 편집 권혁신, 오경진, 최예은, 최승헌
디자인 이현수, 김민하, 한수희, 김윤주 제작 박기성, 황동현, 구성우, 정성배
마케팅 김회란, 박진관, 유한호
출판등록 2004. 12. 1(제2012-000051호)
주소 서울시 금천구 가산디지털 1로 168, 우림라이온스밸리 B동 B113, 114호
홈페이지 www.book.co.kr
전화번호 (02)2026-5777 팩스 (02)2026-5747

ISBN 979-11-5987-992-0 03810 (종이책)

이 도서의 국립중앙도서관 출판예정도서목록(CIP)은 서지정보유통지원시스템 홈페이지(http://seoji.nl.go.kr)와 국가자료공동목록시스템(http://www.nl.go.kr/kolisnet)에서 이용하실 수 있습니다.

사랑하는 그대에게

千雪恩

북랩book Lab

| PROLOG |

수고했어요

오늘도 수고했어요

참 많이 힘들었던 오늘 하루

오늘 하루 피곤하고 지쳐있을 그대에게
조금이라도 힘이 되어주고 싶어서
서툰 솜씨로 요리를 해봤어요

사랑스러운 그대를 위해 열심히 준비한 요리를
맛있게 식사하면 오늘 하루 힘들었을 텐데
조심스레 내 곁으로 오세요

내일도 어제처럼 또 지친 삶을 살아갈 그대를 위해서
전 그대를 따뜻하게 안아줄 테니

그럼 그대는 포근한 나에게 안겨
행복한 꿈을 꾸며 잠들 수 있기를

오늘 하루도 힘들었을 사랑스러운 그대에게 전하는 말

| PROLOG |

오늘도 수고했어요

몸도 마음도 고단한 하루를
보냈을 소중한 그대

힘들었던 하루
마음을 따뜻이
위로할 사람이 없다면

내 품 안에서
사랑스러운 그대의
눈물과 콧물 범벅으로
내 윗옷이 젖을 만큼 울어도 돼요

그럼 전 아무 말 없이
그대를 안으며 어린아이 달래듯
넓은 등을 따뜻하게 다독여드릴게요

그리고 그대에게 전 한마디를
이렇게 말하고 싶어요

한 번뿐인 인생 죽지 않고 홀로
이 가파른 세상을 견뎌내 주어 정말 감사하다고 말이죠

오늘 하루도 힘들었을 사랑스러운 그대에게 전하는 말

| TURN |

남녀 사이에 처음 생기는 감정 **사랑**

ALBERT EINSTEIN

만유인력은 사랑에 빠진 사람을 책임지지 않는다

| TURN |

연인 사이의 사랑이 끝난 또 다른 지점 **이별**

GEORGE ELIOT

이별의 아픔 속에서만 사랑의 깊이를 알게 된다

| TURN |

서로에게 따뜻한 말 한마디가 돼 주기를 바라는 **속마음**

MARCUS AURELIUS
다른 사람 속마음으로 들어가라
그리고 다른 사람으로 하여금
당신의 속마음으로 들어오도록 하라

| TURN |

그리고 서로에게 주어진 마지막 시간의 그 두 글자 **미련**

KAHLIL GIBRAN
그대가 슬픔에 빠져 헤어 나오지 못할 때 그대 가슴속을 들여다보라
그러면 그대에게 기쁨을 주었던 그것 때문에 바로 그것 때문에
그대가 지금 울고 있음을 알게 될 것이다

| TURN |

밝고 아름다운 그대의 청춘을 응원하는 그 두 글자 **세상**

ARISTOTLE

시작이 반이다

| TURN |

저자가 전해주고 싶던 따뜻한 말 **사랑하는 그대에게**

TRUMAN CAPOTE

인생은 03막이 고약하게 쓰인 조금 괜찮은 연극이다

정말 간절히 들려주고 싶었던 말을

부족하지만 저의 진심을 담아 이 책에 적어봅니다

사랑하는 ______________ 에게

남녀 사이에 처음 생기는 감정

‘사랑’

새벽엔

종일 설렘에 잠 못 드는 이 새벽

잠을 설쳐도 좋을 만큼
네 연락 하나하나 이렇게
다시 읽고 널 내 머릿속에 그림 그리듯 떠올리니

세상에서 가장 행복한 이 밤

짝사랑에 대한 Q&A

Q

짝사랑하는 오빠가 있어요
모태 솔로라는 소문이 있거든요

근데 제가 볼 때는 철벽남보다는
단지 관심이 없는 스타일 같은데
저랑 함께 있을 땐 제가 하는 행동 보면서
맨날 웃어주고 그랬어요

하지만 제 느낌상 저를 좋아하기보다는
단지 귀여운 동생으로서 호감이 더 큰 거 같긴 한데

근데 전 어느 순간 그 오빠를 좋아해서
이런 사람 놓치기 싫어 잡고 싶은데
어떻게 하면 좋을까요

참고로 사적인 연락 별로 안 했어요
그냥 들이대 볼까요
그리고 만약 연락을 한다면
뭐라고 하는 게 가장 자연스러울까요 작가님

A

편하게 일단 연락처를 알아보거나
그 사람의 지인에게 부탁해 자리를 만들어 보는 게 어떨까요
아니면 그대가 그 사람을 좋아한단 어필을 해보면 어떨까요

사랑을 이루기 위한 방법은 무한이지만
그렇다고 무작정 들이대면 가뜩이나 조바심 내는 그대에게
역으로 부담감이 생길 수도 있어요

왜냐면 그 사람은 그대를 아직 좋아하는 게
아닌 지켜보는 입장인 거 같거든요. 제가 읽었을 땐

그러니 인내심을 갖고
그 사람과 먼저 단둘이 만날 만큼
친해지길 바랄게요. 어여쁜 사람아

EPISODE 01 우연

그저 스쳐 지나갈 수 있는 우연한 인연을
이렇게 운명적으로 우연히 연락하고
우연한 사랑을 시작하게 한 건

다름 아닌 모든 우연의 시작인 네가
나에게 찾아오면서부터였다

EPISODE 02 연

만약 생판 모르던 사람과
우연으로 가장한 연락을 통해

서로에게 인연이 생기면
서로에게는 이제 인연이 아닌
만남이라는 글자가 생기고

그리고 그것이 결국엔
서로에 대한 호감으로 바뀌어서는

나중에는 서로에게 없어서는 안 될
행복한 연인으로 발전하거나
아님 처음에 맺은 간소한 인연으로만 끝을
맺음할 선택권이 주어지겠지

그것이 우리가 알고 있는 인연이란 의미일지도 모르기에

EPISODE 03 운명

정말 사랑하는 사람과 행복한 추억을
쌓았을 땐 이렇게 말해보세요

"아, 내가 진심으로 사랑할 사람은 바로
이 사람이구나."

사 랑 은　모 두 가　기 대 하 는　것 이 다
사랑은 진정 싸우고 용기를 내고 모든 것을 걸 만하다

ERICA JONG

EPISODE 04 동아줄

멀리 있어도 곁에 있어도
너를 진심으로 사랑해주며

너를 소중히 아껴주며 여겨주고
너를 위해 모든 걸 다해 줄 수 있는
한결같은 해바라기가 네 곁에 존재한다면

절대 놓치지 마
오히려 동아줄로 묶어놔
네 곁에 도망가지 못하도록

어차피 네 진심 어린 마음이
상대방에게 닿지 않아도
저절로 네 인연이라면 닿게 돼 있으니

이런 감정을 오늘에서야 널 만나
나는 깨닫게 된 건가 봐

정말 고맙고 항상 네가 사랑하는 만큼
난 더 사랑해 정말로

츤데레

내가 늘 걱정돼 항상 짜증 내고 화내도
나를 진심으로 챙겨주는 세상에서 가장 사랑스러운 너

이런 네가 내 곁에 있기에
나는 지금도 앞으로도
이렇게 행복하게 웃을 수 있을 거 같아

늘 부족한 나를 곁에서 챙겨줘서
고맙고 감사해 그리고 너를 너무나 사랑해

언제까지나

EPISODE 05 생얼

그대의 생얼 모습과 화장한 모습을 보고도
오히려 변한 게 없다고 말해준다면
그 남자에겐 정말 잘해주셔야 해요

요즘은 내면의 아름다운 모습이 아닌
그저 겉모습으로 상대방을 판단해버리기 때문에

한쪽이 못생기면 다른 사람이 보기에
'아, 이 여자가 아깝네.'
"이 남자가 아깝다."

행복하게 연애를 하는
커플들에게 괜히 쓸데없는 편견이 생겨버려요

그 편견을 깨고 오로지 사랑하는 그녀를 봐준다면
그 남잔 그녀의 외모를 보고 사귄 게 아니라
그저 그녀의 아름다운 착한 마음씨에
흠뻑 빠져서 그녀를 좋아하고
사랑한 것일 테니

그러니 만약 사랑하는 그대를 만나기 위해
화장하고 꾸미고 때론 생얼로 편하게 만나러 갔는데도

그런 당신을 보며 이쁘다 귀엽다
이런 애정표현을 스스럼 없이
항상 먼저 말해준다면

외모가 아닌 마음을 사랑한 것이니
부디 걱정하지 말고 한번 만나보길

여자는

여자는 생얼이어도
언제나 한결같이 아껴주고 챙겨주고
또 사랑해주는 그런 사람에게
여자는 사랑받는다 느낄 테니

그러니 제발 그런 걸 해줄 수 없다면
부디 다가오지 말기를

이 세상에서 그대 마음대로 할
쉬운 여자는 어디에도 없으니깐요

EPISODE 06 어여쁜 사람

진심으로 그녀를 좋아한다면
차일지라도 고백해보세요

제가 본 아름다운 당신은
그 자체로도 멋진 사람이에요

그러니 절대 기죽지 말고
그대의 진실된 마음을
상대방에게 용기 있게 고백하면

분명 그대의
순수하고 아름다운 마음을
알아줄 날이 반드시 올 거예요

그러니 사랑하는 그대
자신감을 갖고 힘내시길

고백은

다른 건 다 필요 없어요
그저 사랑하는 사람을 닮은
아름다운 꽃 한 송이와 당신의 거짓 없는 마음을
사랑하는 사람에게 있는 그대로 보여 줄 용기만 있다면

EPISODE 07 사랑의 시작점

이젠 나에게도 옆이 시린
단풍잎이 떨어지는

그저 쓸쓸하기만 한
그런 가을이 아닌

따뜻하게 서로의 체온을 느끼고
소소한 행복을 누리며
차 한잔할 수 있는
함께 겨울을 보내는 사람

그런 사랑스러운 그대가
오늘 이렇게 찾아와

그동안 너무나 외롭고
고독한 나의 마음을 다시금 설레게 깨워 주니

이렇게 너와 함께한 하루는
나에겐 왜 이리 아쉬움만 가득한지

정말 좋일 네 생각에
잠 못 이룬 밤이다

EPISODE 08 열애

사랑스럽게
서로 눈 맞추며 설레 보고

아주 가끔은
서로가 소소하게 손잡으며
이 거리 저 거리 단둘이 걸으며
서로에 대한 이야기꽃을 피우고

헤어지는 길엔 바래다주면서
'잘 가'란 인사와 함께
부끄럽지만 입맞춤도 하고

또 가끔은
서로 죽일 듯 싸워도
금세 맛있는 걸 먹으러 가면
금방 행복해지는 우리

하루도 빠짐없이
바쁘더라도 연락할 줄 아는
그런 소소하지만 서로가 사랑하고 사랑받는 연애

그런 연애하고 있다면
그대는 어느 누구보다 특별한 사랑을 받으며
살아가고 있음을 알고 감사하길

EPISODE 09 칠월칠석날

우리 설령 멀리 떨어진데도
항상 서로가 사랑하는 마음은 변치 않으니
힘들어하지도 말고 서로가 그리워하지도 말기를

마치 칠월칠석날의
아름다운 별들 속 펼쳐진 은하수를 보면
기다렸다는 듯

오작교를 건너가 서로에게
더 애틋하게 사랑을 나눈 견우와 직녀처럼 말이죠

그러니 저 멀리 그대와 떨어져 있다 하여도
슬퍼하지 말아요

오히려 곁에 있을 때보다
지금이 전 더 그대에게 애틋하니깐요

아- 보고 싶고 한없이 사랑하는 나의 사람아

EPISODE 10 너의 사랑스러운 얼굴

네 그 긴 속눈썹과
나를 쳐다보는 매력적인
눈동자는 내가 항상 쳐다보고 싶게 만들고

네 오뚝하게 솟아있는 코는
너의 아름다움에 한몫을
톡톡히 하였으며

마지막으로
네 최대 매력인 너의 분홍빛
입술은 날 너무 미치게 만들잖아

게다가 날 보며
귀엽게 홍조 띄운
사랑스러운 너의 볼은
정말이지 너무 만지고 싶게 만들어버려

너 도대체 내 앞에서 이렇게 이쁘면 어쩌라는 거야

너를 만나러 갈 때마다
항상 네 얼굴을 떠올리면
심장이 터질 거 같은데 말이야

이런 색다른 네 매력에 헤어나올 수 없을 만큼
이미 행복한 사랑에 빠졌는지도 모르겠다

사랑하는 사람을 바라보는 눈

온통 세상이 어둡게 보이지만
유일하게 예쁜 널 만나면

어둠은 사라지고
밝게 비추는 한 줄기 빛으로 내 앞에 나타나서는
눈부시고 아름다운 색깔로 띄워주는걸

이게 남들이 흔히 말하는
사랑에 빠진 눈일까 싶을 정도로

EPISODE 11 꽃집

길거리를 홀로 걷다
근처 꽃집이 있길래
그 전시된 꽃들을 유심히 바라보니

갑자기 그 꽃을 받고
나에게 행복한 미소를 보여 줄
네 생각이 머릿속에 떠나지 않아
무작정 꽃집에 들러서는

세상에서 제일 아름다운 널 닮은
하얀 안개꽃 한 송이를 사들고
너에게로 가는 이 거리들이
이토록 나에게 행복한 기분이었을지

이 하얀 안개꽃을 선물로 받은
내 눈에 비칠 사랑스러운 너는
얼마나 아름다운 미소와 행복을 표현해줄지

생각만 해도 난 너무나 설렌다

EPISODE 12 장미꽃

그녀를 보니
아름다운 새빨간 장미가 떠오르네요

가시가 있어
멋도 모르고 잡았다간 가시에 찔려
상처가 나겠죠

하지만 그런데도
너무나 매혹적이게 아름다운 새빨간 장미꽃은
꼭 아무도 쉽게 다가오지 못하도록
자기를 지키기 위해 애쓰지만

아무리 감춘다 해도
겉은 감출 수 없는
그녀의 아름다움이 새빨간 장미꽃처럼
환하고 눈부시게 홀로 빛을 발하니

그런 그녀를 보면 저절로
행복한 미소가 지어지네요

그리곤 그녀를 보며 생각하겠죠

아 이것이 진정 사랑이구나 하고

EPISODE 13 벚꽃

"오늘따라 벚꽃이 정말 아름답네."

"내가 있으니깐 벚꽃이 아름다운 게 아닐까."

"못생긴 너란 꽃은 분홍빛으로
아름답게 물든 벚꽃과 비교가 안 되는데."

"칫 농담이라도 예쁘다 하면
어디가 덧나냐."

(피식)

"왜 갑자기 웃는 건데?"

"바보, 그걸 또 속냐?
사실 분홍빛 벚꽃보다 먼저 내 눈에 비친
세상에서 제일 아름다운 꽃은 다름 아닌 너인데."

EPISODE 14 그대

그대를 격하게 사랑할 테니

그대는 아무 걱정 말고
그저 함께 있어 행복한 추억만
한결같은 마음으로 바라봐주세요

그게 제가 그대에게
사랑받는 유일한 기쁨이자 전부일 테니

진짜

너를 좋아했다
너를 사랑했다
너를 원망했다
너를 미워했다
너를 그리워했다

이렇게 너를 만나서
내 모든 감정과 마음은 거짓이
하나도 없는 정말 진심이었다

EPISODE 15 전화

그대와 이렇게
늦은 시간에 통화를 하고

사랑하는 그대 목소리를 들으며
이야기하는 밖의 풍경은

온 세상이 가로등 하나 없이
캄캄하고 조용하기만 한 어둠 속이지만

달과 별빛이 환하게 비추고
그런 밤하늘을 바라보며

사랑하는 그대와
이렇게 통화하며 바라보고 있으니

실제론 떨어져 있지만
그대도 같이 밤하늘을 바라보고 있을 거 같아
저는 지금 그 순간이 제일 행복한걸요

그래서 그 밤하늘을 바라보고 있으면
그대가 참 많이 생각나는 거겠죠

그러니 지금 당장이라도
보고 싶어요. 방금 이 순간에도

EPISODE 16 운석

일 년에 한 번 무수히 내리는 밤

하늘을 바라보며
사랑스러운 너의 손을 잡고
마음속에 이루고 싶던 우리의 소원을 함께 빌어보니

마치 수많은 별들이
우리 마음을 알아주기라도 한 듯

우리 눈앞에 아름답게 별들이 펼쳐지네

EPISODE 17 함박눈

함박눈이 내린다

지금 내 심정은
너무나 설렌다. 너무나 떨린다

이 하얀 눈이
세상을 하얗게 물들면
우리만의 비밀스러운 무대가 될 테니

EPISODE 18 콩깍지

콩깍지가 한번 씌면
오로지 그 사람만 보이고
그 사람을 위해 모든 걸 다 해주고 싶어 하죠

그리고 사랑하는 그 사람 생각에
다른 사람은 눈에 들어오지도 않고

정작 그 사람이 어떤 것을 하든
내 눈에는 다 멋져 보일 테니

게다가 그 사람이
다른 이성과 조금이라도 얘기를 하거나
단둘이 만나면 질투를 해요

하지만 오랜 시간과 함께한 날이 많아
콩깍지가 벗겨질 때쯤이면

더 이상 그 사람만 보이는 게 아닌
남들에게 조금씩 관심이 가고

또 그 사람이 어떤 일을 하든
멋져 보이지도 사랑하지도 않게 돼요

이걸 사람들은 흔히 말하는
콩깍지가 벗겨졌다고
또는 콩깍지가 씌었다고 말을 하죠

그러니 우리는 이런 콩깍지가
쉽게 벗겨지는 사이 말고
콩깍지가 언제까지나 오래갈 수 있는 사이로
서로의 곁에 있어 주길 바라요

EPISODE 19 설레임

"나 너를 보고 있으니깐 갑자기 아이스크림이 당긴다."

"무슨 아이스크림이 당기는데?"

"설레임."

"왜?"

"너 보니깐 생각나 설레임이."

"내가 널 설레게 했어?"

"응, 내 머릿속에 맴돌 만큼 미치도록."

"그럼, 만약 시간이 지나 추억을 많이 쌓고 서로가 편해져서 설레는
마음이 없으면 어떡하려고?"

"없어도 괜찮아 너를 이렇게 매일 바라보고 있으면
언제나 처음처럼 설레어서 설레임만
엄청 사 먹을 거 같은 기분인걸."

EPISODE 20 네가

따사로운 봄날처럼
너무나 사랑스럽다 네가

아름다운 벚꽃처럼 정말 예쁘다 네가

선한 바람처럼 환한 미소를 띠니
그 모습이 난 참 귀엽다 네가

이렇게 추운 겨울이 지나
살랑 불어온 봄바람처럼
네가 나에게로 오니 너랑 함께한 모든 게 아름답다

연인 사이의 사랑이 끝난 또 다른 지점

'이별'

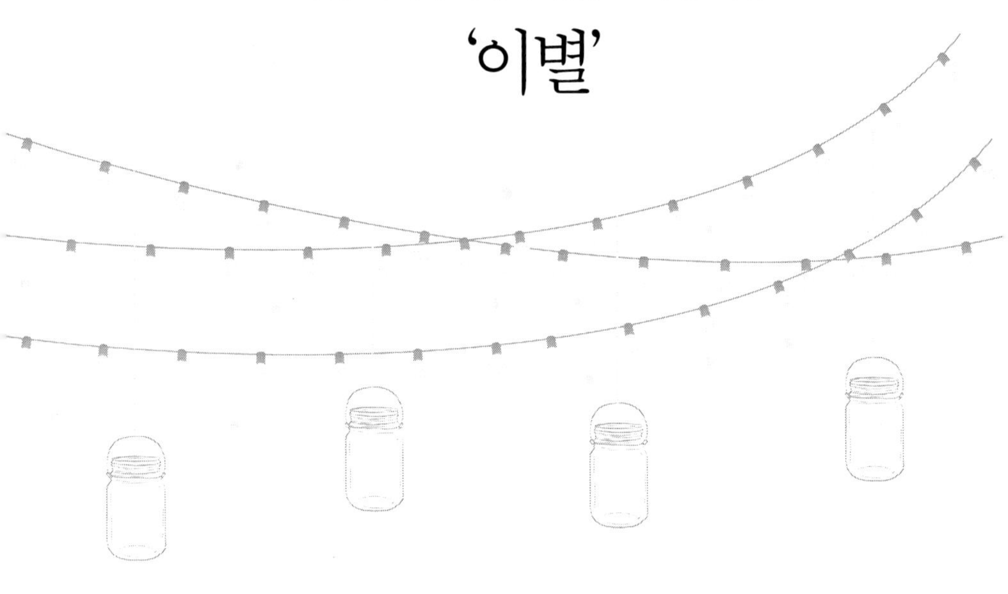

전생 & 환생

다음 생엔 부디 이별하지도 말고 아파하지도 말기를

그저 함께 오래도록 행복한 추억만 남겨요. 우리
과거엔 제가 그대를 놓친 걸 후회해 이렇게 미련이 남았으니
다음 생엔 후회 없이 미련 없이 사랑해요. 우리

떠나간 사람에 대한 슬픔 Q&A

Q

남자친구랑 성격 차이로 헤어졌는데
너무 힘들어 미치겠어요 작가님

A

힘들어 하지 마세요 예쁜 사람아

그대 자신을 예뻐하고 사랑할 시간도 아까우며
모자란 시간인데 왜 떠나간 남자 때문에
그대가 홀로 아파해요

사랑은 서로 맞춰 가는 게 연애인데
그 사람은 단지 성격이 안 맞다 해서 헤어질 만큼
어여쁜 그대를 오히려 그만큼밖에 눈에 안 비쳤단 거예요

그러니 부디 상처받지도 그 못난 사람 때문에
눈물 흘리지 마세요

다 쓰라린 상처도 시간과 세월이 그대를 분명 치료해 줄 테니

왜 이런 말도 있잖아요
좋았다면 추억이고 나빴다면 경험이라고
분명 그 사람보다 어여쁜 그대를 한 번이라도 아껴주고
사랑해줄 남자는 오히려 곁에 가까이 있을 거예요

그대는 그만큼 환하고 빛나니깐 말예요

그러니 아무 걱정하지 말고 그만 보내주세요

EPISODE 01 배신

끝까지 난 너를 믿었는데
결국엔 나에게 돌아오는 건
믿음이 아닌 배신뿐

정말인지 이토록 서로가 사랑했던
시간이 허무할 순 없기에

이젠 그 허무함에 지쳐
너에게 작별을 고할 테니
안녕 추억이란 이름으로

두 번 다시 서로가 시간이 지나
설령 어느 한쪽이 그리워하여도
절대로 얼굴 볼 일은 없을 테니

믿음을 져버리면 생기는 일

한번 사랑에 크게 데면
상대방을 그저 순수하게 좋아했던 믿음이 사라지고

그 데인 상처를 발판 삼아
다른 상대방한테 자기가 당한 만큼
거짓말로 포장해버리거나

아니면 혹시나 또 당하는 게 두려워
정말로 자신을 사랑해주는 기회를 모른 채

누구 하나 들여놓을 수 없도록
마음의 문을 닫아 버리겠죠
그게 바로 사랑에 대한 믿음을 져버린 벌이 아닐까요

작별 인사에 낙담하지 말라
재회에 앞서 작별은 필요하다
그리고 친구라면 잠시 혹은
오랜 뒤라도 꼭 재회하게 될 터이니

RICHARD BACH

EPISODE 02 허무

처음엔 행복했다

내가 생각한 완벽한 이상형이
나와 함께 있으니깐

하지만
내가 사랑을 받을 수 없고

오히려 상대방을
내가 이해해줘야 한다는
압박감을 견디지 못해
결국 자신이 없어 마음에 정리를 해버렸다

헤어지고 나니
처음엔 갑갑한 감옥에서
탈출한 죄수인 것처럼
미친 듯이 홀가분하고
아무 생각도 들지 않았다

하지만 헤어지고 난 후

오늘 하루를 다 지내보니
막상 연락할 사람이 없고

나를 항상 예쁘다 말하며
한 번이라도 더 보기 위해
자기의 바쁜 시간까지 투자하며
만나러 와 줄 사람 없단 게
이렇게도 허전함이 들 수 있는지

차라리 헤어지지 말고
그냥 나만 참으며 상대를 이해해줬다면
오히려 이런 허전한 기분이 없어질 수 있는지

이런 생각이
내 머리를 스쳐 지나가기만 하는데

정작 차가운 현실은
그 사람을 사랑할 자신이 없단 핑계로
마음에 정리를 해버린 건 다름 아닌 나 자신이니

그저 스쳐 지나가는 짧은 인연이라 생각해야겠지

후회해도 이미 돌이킬 수 없을 테니

EPISODE 03 안녕이란 두 글자

정말로 사랑하고
너무나 좋아했던
그대를 이젠 아련한 추억으로
제 기억 속에 담아두고

이제는 조금씩 그대가 아닌
다른 사람이 저를 애틋하게 생각하고
또 그대에게 받은 사랑보다 더 좋아해 주니

한땐 그대를 보내기 싫었던
제 마음도 이젠 그대를 보내주려 하고 있나 봐요

이렇게 점점 그대 때문에 닫혔던
제 마음을 그대가 아닌 다른 사람에게
저도 조금씩 천천히 마음을 주려
다가가고 있으니 말이에요

이런 모습 저도 정말 신기했지만
어차피 돌아오지 않는 그대이기에
저만 이기심으로 홀로 고독하게 살 순 없었나 봐요

어차피 떠나버린 그대이니까
제가 그대를 향한 그리움으로
기다릴 수 없는 걸 무엇보다 잘 아니깐

이젠 저도 그대를 보내고
모든 것이 새롭게
시작하려나 봐요

안녕 내가 사랑했던 그대여

EPISODE 04 사랑은 거짓말

우리는 함께 사랑했다
그 사랑이 오래간다는 작은 믿음 하나로

하지만 그건 오히려 짧은 사랑이었고
결국 나 혼자만의 착각이었다

그 거짓된 사랑은 서로에 대한
진실된 믿음의 증표가 아닌
단지 그의 욕구를 위해
날 속이기 위한 미끼로
달콤한 거짓말로 된 그런 사랑이었다

오히려 나 혼자만이
거짓이 아닌 진심으로
처음부터 끝까지 그를 믿고 함께했다

그래서 이렇게 떠나간 너를 그리워하며
내 마음 한구석이 찢어질 듯
심한 고통이 오나 보다

이기적인 너 하나로 인해

EPISODE 05 속앓이

사랑에 상처받아 그저 힘들다고
계속 혼자 끙끙 마음 앓지 말고
새롭게 시작해 보는 건 어떨까요

그이와 함께한 추억이 깃든 과거는
다시 현재로 돌아오지 않으니

과거는 과거로 내버려두고
지금 현재의 상태를 둔 채
미래를 한번 바라보세요

그대가 힘들다고 해서
그대 혼자 있는 세상은 아닐 테니

그대를 아껴주고 좋아한 사람은
아직도 그대 곁에 분명 남아 있을 거예요

그러니 절대로 포기하지 말고 힘내세요

EPISODE 06 감기

더운 여름이
어느덧 가을의 계절로 바뀌며
낮에는 사람 구이가 될 만큼 더운 여름으로

또 밤에는
아름다운 달과 별을 볼 만큼
얇은 바람에 몸을 기대어 잠자리에 드는 가을로
지금의 내 마음처럼 변덕스럽기만 한 날씨가 되었다

이렇게 변덕스러운 날씨 탓인지
결국 감기에 걸렸지만
정작 내가 아파도 챙겨주는 이가 없거늘

이젠 나를 보살펴줄 사람 하나 없단 게

감기에 걸린 것도
날씨가 변덕스러운 것도
이런 내 외로운 마음도
다 무슨 소용이나 싶다

EPISODE 07 껌

껌을 씹으면 씹을수록
단물이 빠져나가고

결국 고무를 씹는 맛만
오래 입안에 남아있으며
그리고 한때 달콤했던 향기만 잠깐 맴돌지

사랑도 이 껌과 비슷하다 생각해

처음에는 서로가 미칠 듯이 좋아하고 또 사랑했지만
그 씹던 껌처럼 정열적으로 사랑한 것은
어느 순간 사라져 버린 채

그 향기만 그리움만 남아있겠지

비유

진하고 달콤하고
부드러운 초콜릿 같은 사랑

포근하고 부드럽고
달콤한 솜사탕 같은 사랑

이 두 가지의 공통점은
끝까지 입안에 달콤한 향이 남아있다는 것

EPISODE 08 홀로

어느덧 주변에 있던 사람들 모두 다 내 곁을 떠나가고
홀로 외로이 늦은 밤 술집에 들어가

사람들이 북적거리는 자리를 피해
창가가 있는 구석진 자리에 앉아서는

소주와 안주를 시키고 기다릴 동안
창문을 바라보며 길거리를 돌아다니는
행복한 연인들을 벗 삼아
홀로 한 잔 두 잔 마시니

어느덧 시간이 지나
점점 취기가 올라오고
밖에도 비가 오려는 듯
먹구름이 끼기 시작하더니

결국 한 방울 두 방울
빗물이 내리고
다정했던 연인들은
서로가 우산을 씌워주며 걸어가거늘

정작 그대 없이 홀로 이렇게 비 오는 날
그 흔한 우산도 씌워줄 사람이 없다는 게
그대와 행복했던 옛날엔 상상도 못 했는데

분명 지금도 이렇게 내가 취하면
걱정돼 한걸음에 달려올 것만 같은데
분명한 건 곁에 없다는 그 차가운 현실이
이렇게나 미치게 서글퍼져선

술잔 속엔 술이 아닌 내 슬픈 눈물만 채워지는데

EPISODE 09 카메라

그대가 절 보며
아름답게 미소 짓는 그 모습을
저는 카메라에 담고

그대가 사랑스럽게 먹는
그 모습조차 놓치기 싫어서
저는 또 카메라에 담았죠

그대의 고사리 같은 작은 손을
처음으로 손잡고 걸어 다니면서 설레기도 하였죠

그러면서 함께한 세월이 지나
어색함이 사라지고 즐겁게 장난도 치며

그대와 행복했던
그런 순간을 오랫동안 담기 위해
매일 그대의 사진을 찍으며 제 삶을 살아갔지만

이젠 그대를
그리워하며 함께 걸었던
그 꽃길을 이제는 홀로 걷고

사랑스런 그대와 함께 앉아
이야기꽃을 피웠던 그 벤치에는

이젠 나 홀로 앉으며
그저 낡은 사진 속에 담긴
그대의 해맑은 미소를 보니

이제야 혼자라는 게 실감이 나나 봐요

아직도 전 그대가 제 옆에서
환한 미소를 보여주고 있는 거 같은데

정말인지 오늘따라
떠나간 그대 생각이 많이 나는 하루네요

EPISODE 10 사진

이제 이 한 장의 사진뿐

볼 수도 다가갈 수도 없을뿐더러
억지로라도 가슴속에 깊이 묻어둬야겠지

보고 싶지만 다가갈 수 없는
내가 한때 사랑했던 그대니

이렇게라도 추억에 잠길 수 있도록

EPISODE 11 착각

우리는 헤어졌지만
아직도 저는 그대 생각에 밤잠을 설치며

오늘 하루도
혹시라도 다시 잘될 거란 바보 같은 희망에

핸드폰을 붙들며
그대의 연락을 이렇게 기다리고 있어요

핸드폰은 솔직히 할 게 없지만
유독 SNS는 매일 틈틈이 들어가서
그대 소식이 오기만을 한참을
목매도록 간절히 기다리네요

이런 제가
솔직히 바보 같다고 느끼지만
그것도 잠깐일 뿐

그대 소식이 조금이라도
이런 바보 같은 저에게 닿는다면
저는 아마 헤어진지도 까먹은 채

그대의 게시글을 보며
온종일 행복감에 저절로 미소를 짓고선

눈앞에 현실을 직시해
저 혼자 방 안에 틀어박혀 울먹이겠죠

그리고 종일 울다가
지쳐 잠이 들곤 해요

이런 모습이 한심하단 걸
분명 제 자신도 알고
또 그대와 제가 헤어졌단 걸
확실히 아는 저지만

그런데도 저는 그대가 엄청 보고 싶어요

EPISODE 12 끝인사

잊어야겠지. 보내줘야겠지.

마지막으로
그대를 볼 수만 있다면
가슴속에 있던 내 말 한마디 하고 싶어요

고마워요 한때 날 좋아해줘서
그리고 실망만 시켜서
정말 미안했어요

이제는
그대를 좋은 추억으로 간직할게요

제가 그대에게 못했던 사랑을
부디 저보다 더 행복하게
그대 앞에 운명처럼 나타나

그대에게 모질게 대한 부족한 저보다
훨씬 더 좋은 추억을 만들 수 있도록
끝까지 제 이기심이지만 부디 바랄게요

잘 있어요. 제가 너무나 사랑했던 그대여

EPISODE 13 나에게 있어 연애란

나에게 있어 연애란
데이트 비용 못 내면 어때요
제가 대신 내주면 되는걸요

아니면 아름다운 밤하늘을 보며
따뜻한 그대의 손을 잡고
아무 얘기도 하지 않으며

그저 그대와 함께 걷는
이 조용한 거리가
저에겐 너무나 행복하고
황홀한 기분을 느낄 수 있는걸요

게다가 가끔 소소하게 사랑 표현해주면
그게 돈으로 데이트하는 것보다
저는 몇 배 더 행복한 연애인데

그게 그렇게 힘든 부분인 걸까요
저에게 연애란 왜 이리 힘들기만 하는 건지
정말 연애란 왜 이토록 무겁게만 느껴지는 건지

EPISODE 14 조언

한두 번은 이기심 때문에 싸우고 토라질 순 있지만
때론 달콤하고 정답게 서로가 사랑하는 거잖아요

그러니 사랑하는 사람끼리
싸우고 결국 홧김에 끝내자고 말을
해버리면 그건 정말 끝내고 싶다는 게 아닌
억울하고 화가 나 나온 거짓말이니
조금 너그럽게 이해해주세요

정말 그 사람을 생각한다면
무작정 다투려 하지만 말고
다퉜던 매 순간 함께 있어 사랑했던 시간만큼
주위 사람들의 말을 기억해주세요

"너네는 참 부럽다."
"정말 천생연분인 거 같아."
"너무 잘 어울려."

이런 말을 기억하며
오히려 서로가 더 많이 아끼며 사랑해주세요

부디 홧김에 싸웠다고 해서
마음에도 없는 말로 '헤어져', '끝내'
이런 가슴 아픈 이별의 지름길을 가지 않도록 바랄게요

EPISODE 15 그녀

그녀를 진심으로 사랑하고 싶었고
또 내가 정말 그녀를 실망시키지
않을 자신도 있었지만

결국 그녀는 내가 아닌 다른 사람을 사랑했기에

오늘도 난 마음속으로만 혼자 사랑하는 그녀를
그저 담아두고 생각하며 하루가 지나가겠죠

정말인지 참 사랑이란 건 왜 이리 뜻대로
이루어지지 않아 이리 야속하게만 구는지

기회는 용기 있는 자만이 얻는 법

언제까지나
상대방에 대한 좋아하는 마음을
감추거나 숨길 수는 없어요

좋아하는 마음만 커져갈 뿐

그러니 정말 좋아하는 마음이 있다면
그리고 그거에 대한 책임을 질 수 있다면

바보같이 놓치지 말고
차여도 좋으니 솔직하게
그에 대한 마음을 표현해 보세요
나중에 한번뿐인 소중한 기회를
놓쳐버림으로써 그대에게 미련이 생기지 않도록

EPISODE 16 결말

사랑했을 땐 몰랐다

그 사람이 없단 게 이리 슬플 줄은

사랑했을 땐 그저 내가 가진 고민이라면
그 사람과 함께한 모든 것이
행복하단 게 고민이었는데

그렇기에 매사 하루하루가
그 사람이 없으면 안 되는
불안감이 생겨나선 점점 내 마음에
끝없이 커져 그것이 결국엔 그 사람에 대한
집착으로 번져 간 것일지도

그 사람은 그런 나에 대한
집착이 싫어져 결국엔
행복한 결말이 아닌
슬픈 결말이 되어버렸다

혼자서 난 그 사람이 떠난 지
오늘로써 며칠이 지났는데도

아직도 잊지 못하고 그리워하며
온통 눈물로 하루를 보내는

내 마음이 이토록 처량할 수 있을지

EPISODE 17 합병증

사랑했던 사람과의 이별은 항상 아픕니다

진심으로 사랑한 사람과의 함께한 추억 때문에
미련이라는 합병증도 생기죠

그래서 우린 늘
마음속 한구석엔 합병증이 있습니다

이별을 치료하는 방법

사랑이란 아픔 때문에
그대가 마음에 병이 들 때가 한 번이라도 있을 거예요

그럴 땐 그 어떤 다른 말로도
감히 쉽게 표현 못 할 정도로 슬프고 우울할 테니

그러니 다른 사람 눈치 보지 말고
큰 소리로 울어도 돼요

아무도 그대를 손가락질하거나 욕할 사람은 없어요

그러니 실컷 우세요 그대 마음이
조금이라도 위안이 될 수 있도록

나중에 미련이라는 합병증까지
생기지 않도록 지금 실컷 울어버려요 우리

EPISODE 18 감수성

감수성이 많아지는 이런 새벽
네가 정말 보고 싶어 그리운 이런 밤엔

서로가 함께 있어 너무나 행복했던
우리만의 추억이 묻어난 노래를 들으며

오늘도 전 이렇게
떠나간 그대를 종일 그리워하며
울다 지쳐 깊은 잠에 빠져들겠죠

바다

끝없이 깊은 바다 속 점점 빠져들어간 느낌이다

빠져나오려 애써 헤엄쳐 보지만
한 줄기 빛조차 없는 어둠 속으로
오히려 깊숙이 빨려 들어가기에

그런 지금의 내 마음이 이런 감정인 거 같다

내가 진심으로 사랑하던 네가 내 곁에 없으니

EPISODE 19 이별 후 그 뒤엔

단지 사랑하고 싶었는데
그리고 사랑받고 싶었는데

이렇게 그대와 함께 이루고 싶던
작지만 소소했던 그 모든 것들이
한순간 바람처럼 날 떠나가니

이젠 그 말들이
나에겐 죄다 소용없어져 버렸다

EPISODE 20 어여쁜 사람아

사랑에 울부짖지 말아
아픔에 두려워하지 말아
미련에 그리워하지 말아

나의 어여쁜 사람아

서로에게 따뜻한 말 한마디가 되주기를 바라는

‘속마음’

달콤한 거짓말

네가 이 세상에서 제일 좋아

연락에 대한 상대방의 기분 & 감정 Q&A

Q

이게 고민 정도까진 아니지만
그냥 솔직히 말하면 지금 남자친구 때문에 짜증 나요

카카오톡도 할 말 없게 맨날 보내고
정말 저를 좋아하긴 하는 걸까요, 작가님?

A

음, 우선 어여쁜 그대에게 정말 관심이 있었으면
할 말 없게 하진 않았을 거예요
어떻게 해서든 그대와 연락 한 번
그대의 목소리 한 번 더 듣고 싶어서
전화도 스스럼 없이 하겠죠

연락이 없다는 건
그 사람이 그대를 진심으로 사랑할 만큼
깊이 좋아하지 않는다는 증거일 수 있어요

그러니 그 사람 때문에 짜증 내지도 말고
아파하지도 말기를
어여쁜 그대는 충분히 사랑주고
사랑받을 자격이 있는 여자니깐
만약 끝까지 할 말 없게 해버린다면
나중에 직접 만날 때 섭섭했던 걸 얘기해보세요

짜증 내지 말고 힘내. 예쁜 사람아

EPISODE 01 황혼

사랑하는 님과 함께
달콤하고 낯 뜨거웠던 어두운 밤이 지나
부디 밝은 아침 해가 떠오르지 않기를

밝은 아침 해가 떠오르면
님과 함께한 달콤하고 뜨거운
우리만의 밤이 사라질지도 모를 테니

EPISODE 02 그대

울지 마요 그대
사랑에 가슴 아파하고
또 삶에 이리저리 치여 고단했던 하루를

야심한 밤 홀로 외로이 소주를 마시며
그대의 힘든 삶을 포기하려 하지 마세요

내가 본 그대는 힘든 삶을
쉽게 포기하려는 사람이 아닌
그대의 마음속에 깊이 자리 잡은
작게나마 빛나고 있는 열정이 보이니깐요

그러니 그 열정을 포기하지 않고
반드시 이뤄 낸다면

그대에게 더 이상 우는 모습이 아닌
언제나 환한 미소가 함께일 테니

그러니 그대
절대로 슬퍼하지 말기를

사랑하는 그대여

EPISODE 03 연애

다른 사람을 사랑하고 싶은 마음은 간절하지만
그렇다고 해서 아무나 마음 주고 다가가진 못하겠다

이미 여러 번의 아픔 때문에
나 혼자만 뒤늦게 사랑하지 않고

서로가 서로를
진심으로 아껴주고 사랑해 줄 수 있는
그런 소소한 연애

나 혼자 슬픈 이별을 겪지 않고
나중에 내 생각을 한 번이라도 그리워할 수 있는
아련한 추억이 있는 그런 연애

나에게도 찾아오는지

아직 못 만난 나의 그대여

EPISODE 04 사랑한단 말

그저 그대에게 다른 말 다 필요 없고
진심으로 사랑한다는 그 말뿐이었습니다

만약 우리가 어떻게 느꼈는지
남들에게 항상 말한다면 얼마나 끔찍할지 상상할 수 있어
인생은 견딜 수 없을 만큼 견딜 만할 거야

RANDY K MILHOLLAND

EPISODE 05 해바라기

우리는 연애를 하고 있는 건지
아님 외로움을 달래려 서로를 만난 건지

매번 바빠서 소홀히 연락을 취하는 너

그리고 그걸 이해하려고 애쓰며
너에게 연락 오기만을 기다리는 나

그 연락으로 인해 우리가
나중에 멀어지게 될 거라는 걸
넌 과연 알고나 있을지

멀리 있으면 함께 있는 것보다
더 애정이 묻어나야 하는데

왜 오히려 함께 있는 것보다
서로에게 애정보단 이별이 점점 더 가까워 오는 건지

그 사소한 연락 때문에
서로가 싸워 한쪽이 사과하며
애정보단 마음고생으로 보낸 세월이 많았거늘

시간은 이리 쉬지도 않고 부지런한데

이런 지나간 세월만큼
너는 내 생각을 하고 있는지

항상 연락 문제로 싸울 때마다 매번 이해해 달랐지만

오히려 나는 그거에 대해
사랑하는 너와 또 싸우기 싫어
바보처럼 아무 말도 못 하고

마치 햇빛만 바라보는 곧게 편 해바라기처럼
널 조용히 기다리기만 하는 것을

이런 내 마음을 너는 과연 알고나 있을지

EPISODE 06 가식

좋아해 주지 않을 거면서
왜 나한테 친근하게 다가왔니
어차피 결국 홀로 미련이 남는 건 다름 아닌 나인데

제발 네가 장난감이 필요하다고 해서
순진한 나에게 접근해 거짓으로 포장된 말로
너의 매력을 자랑스럽게 뽐내지 마

정말 한심하니까

네가 장난감으로 가지고 놀 만큼
난 그렇게 미련하지도 않으니까

부디 다 같은 쉬운 여자일 거란
착각과 기대는 하지 말아 주길

네가 생각한 그런 여자는 절대로 어디에도 없을 테니

EPISODE 07 연락의 중요성

연락은 사소하지만
때론 우리에게 있어 가장 기본적이고
중요한 소통수단이다

남과 연락한 걸 그저 우습거나
쉽게 생각해 버린다면
정신 차리라 전해주고 싶다

당신은 우습게 생각할진 모르지만
그 연락을 매사 소중히 생각하는 사람은
당신이 아무렇지 않게 뱉은 말 한마디라도
종일 아파하거나 행복해 할지도 모를 테니

연락의 또 다른 말 배려

연락의 또 다른 뜻은
상대방에 대한 진심 어린 배려

그 배려가 있기에
우리는 더 깊은 사랑을 하고
더 아픈 이별도 하는 거겠지

그 연락 하나로

EPISODE 08 밤

오늘따라 유난히 깊은 생각이 많아지는 이 밤

하늘도 이런 내 마음을 아는지
달과 별들도 숨어버린 채

하늘마저 어둡기만 한 그런 밤

시인은

이 세상 수많은 사람들은

곁에 아무도 없어 외로울 때
세상살이에 지쳐 우울할 때
사랑하는 연인과 행복할 때
대인관계 때문에 힘이 들 때

새벽의 시인이 되어 글을 적는다

EPISODE 09 사랑

사랑이란 두 글자를
가슴속에 담아두지 말고

오늘 하루 직접 사랑하는 사람들에게
하루를 마지막이라 생각하고

따뜻이 포옹하며
정말 진심으로 사랑한다고
말해 보는 건 어떨까요

곁에 있어 소중한 친구든
지금 사랑하고 있는 연인이든
앞으로 함께할 사랑하는 가족이든

항상 뒤늦게 혼자 후회하기 전에
한 번쯤 진실되게 고백해 보는 것

그것이 우리가 알고 있는 사랑이란
두 글자의 진정한 참된 의미가 아닐까요

EPISODE 10 사계절

따뜻한 햇살과 아름다운 벚꽃이 펼쳐지는 계절 봄

나에게 있어 너의 외모는
내가 살며시 가까이 다가가면
귀엽게 핑크빛으로 물들어
양쪽 발그레한 두 뺨이
나에겐 그저 사랑스럽게 보였고

그래서인지 너와 함께한
모든 것이 처음이라 설레는 첫걸음이었기에

뜨거운 태양과 끝없이 펼쳐진 맑고
푸른빛을 띄운 바다의 계절인 여름

너와 함께한 추억들이 가장 많이 있는 계절

시원한 바닷바람을 맞으며
아름다운 여름바다의 야경을 보았고

그 덕분인지 분위기는 고조돼 네게 입맞춤을 하고
맛있는 해산물 요리를 먹으며

여럿이서 함께 불꽃놀이를 즐기면서
어릴 때의 그 추억 속으로 깊이 빨려 들어가는

가장 많은 추억이 깃든 여름의 계절

낙엽이 지고 시원한 바람이 부는
독서의 계절이라 불리는 가을

우리가 다퉜던 계절
세월이 지나 정들었던 시간만큼

서로가 서로에게 있어 너무나 편해진 시간이었고
그 때문인지 이젠 사소한 거라도

지키지 못하면 금방 서로에게 실망하고
결국 사랑이 아닌 원망과 분노만 가득한 채

토라지며 이 사람 저 사람 아무렇지도 않게
만나는 그런 계절

마지막으로 사계절 중 가장 쓸쓸한 계절 겨울

겨우 아슬아슬하게 헤어지는 위기는 면하며
서로가 언제 헤어질지 모르는 두려움 속
하루하루를 술과 담배로만 속앓이하는 계절

그리고 결국 스트레스가 극에 달해
어느 한쪽은 원치 않는 이별을 맞는 가장 잔인한 계절

그렇지만 그런 사랑의 사계절이 있다면
다시 겨울이 지나 따뜻한 봄이 오는 계절이 있는 것처럼

사랑도 옛사랑이 아닌 새로운 사랑이
마치 사계절처럼 분명 그대 곁에 다시 올 테니

그러니 그대 아무 걱정하지 말기를

EPISODE 11 잠

오늘 밤만큼은
사랑스러운 그대가 제 꿈에서 나타나

저와 함께
아름다운 별들과 달을 바라보며
넓은 들판에 누워 사랑을 속삭여주길

그리고 분위기가 달아올랐을 때

어느 순간 고요해지고
서로의 심장 소리만 들린 채

사랑스러운 그대의 얼굴에
가까이 다가가 입맞춤할 때쯤 꿈에서 깨어나기를

그럼 그 여운이 저에게 깊이 남아서
사랑스러운 그대를 더 생각하며
전 아마 엄청 보고 싶어 할 테니

아 정말이지 생각만 해도
너무나 보고 싶은 내 사람아

EPISODE 12 마음

달과 별이 아름답게 펼쳐지는 이런 새벽에는
왜 유독 사랑하는 네가 떠오를까

아마 보고 싶은 마음 때문이겠지

EPISODE 13 동화

동화책 이야기 속 주인공이라고 하면 대표적으로
신데렐라나 백설공주가 내 머릿속에 맴돈다

먼저 신데렐라는 새어머니와
새 언니들에게 사랑 대신 구박만 받고 자랐지만
마법사 할머니 덕분에 왕자를 만나
결국 행복하게 살았고

백설공주는 단지 예쁘다는 이유로
새어머니가 질투에 눈이 멀어 준 독사과를 받아
위험한 상황까지 갔지만
다행히 백설공주 곁에 있던 일곱 난쟁이와
왕자의 입맞춤으로 인해 깨어나 행복하게 살았지

이렇게 간략한 동화책 스토리를 보면
신데렐라나 백설공주는

어려운 삶과 위기가 왔는데도
도와주는 사람이 곁에 있어
함께 시련을 극복하고 결국 왕자와 행복하게 살았는데

그런데 정작 현실에선 왜 나는
동화 속 백설공주나 신데렐라처럼
진실된 사랑을 할 수 없는 건지

게다가 나를 도와주는 사람은
오히려 뒤통수를 치고 배신하기만 하거늘

어른이 돼서 다시 읽은 그 동화책은
어릴 때 읽은 그 순수한 감동은
이미 사라진 지 오래인데

EPISODE 14 옛사랑

떠나고 나선 뒤도 안 돌아보더니
이젠 네가 외로우니 다시 나에게 연락하네
연락하면 언제나 늘 마음에도 없는 같은 말

"미안 내가 앞으론 잘할게."
"우리 다시 시작하자."
"지금까지 만난 여자 중에
네가 제일 보고 싶었어."
이런 마음에도 없는 너의 말

그렇게 미안했으면 사귈 때
나에게 잘 대해줬어야지

이젠 세월이 지나 너에 대한 추억도
또 보고 싶은 마음도 이미 사라진 지 오래인데

왜 다시 나타나서 너의 그 뻔한 거짓말로
다시 나를 어떻게 해보려고 넘보니

이미 지나간 우리의 사랑은
다신 되돌릴 수 없는 강을 건너갔기에

제발 날 어떻게 해보려고 연락하지 말기를
네가 어떻게 해볼 수 있는 그런 쉬운 여자는 아니니깐

EPISODE 15 헌사랑

겨울에서 봄으로 계절이 지나가듯이
뜨겁게 타올랐던 그대를 만나고
함께 사랑을 만들어갔지만

그 뜨겁게 타올랐던 마음이
떨어져 있는 시간과 세월에 가로막혀
한순간 눈 녹듯이 사라져가는 서로의 마음

그리곤 새로운 사랑을
다시 만나 언제 그랬냐는 듯

저절로 감정에 항상 먼저 이끌려선
결국 이별과 사랑을 반복할 테니

그것은 마치 겨울에서 봄으로
새로운 계절로 바뀌는 기분이었다

EPISODE 16 외사랑

다시 옛사랑이 나에게 찾아왔다

참 그렇게나 욕하면서
서로 못 잡아먹어 안달이었고
심지어는 각자 자기 지인들에게
서로를 험담하며 완전히 잊히는 줄 알았거늘

다시 우연한 기회에
서로 연락이 되어
사랑이 싹트기 시작했다

정말이지 복잡하고 미묘하다. 이런 기분

죽일 듯이 서로가 달려들 땐 언제고
어느 순간 다시 처음부터 사랑할 수 있다는 게

사랑은 정말 알다가도
모른 매력이 있을지도 모른다

EPISODE 17 충고

사람 마음은 장난감이 아니니
심심풀이로 가지고 놀다가
언제든 버릴 수 있는
그런 장난감으로
사람을 대하지 말아요

이 여자가 정말 나와 운명적인 사랑을
함께할 사람이다란 생각
또는 이 남자와 운명적인 사랑을
함께할 사람이다라는 생각으로
서로를 아껴주면 좋겠어요

그게 우리가 흔히 말하는
참된 사랑이 아닐까 하고 생각합니다

그러니 부디 그대는 사랑 뒤엔
혼자 가슴 아픈 이별이 아니길

EPISODE 18 연락

연애를 한다면
가장 먼저 서로에게 중요한 건 연락이지만
연락 다음으로 또 중요한 건 서로에 대한 약속일 테니

약속을 어긴단 건 연애하기에 있어서
서로에 대한 믿음과 신뢰를
깨버리는 것과 마찬가지예요

그러니 서로에게 있어
연락과 약속은 지켜주기를
그것이 서로에 대한 예의이자
더 애틋해지는 최적의 방법이에요

그러니 부디 연애 사이에 있어
연락과 약속을 중요하게 여겨주세요

분명한 건 연락이 다가 아니다

지금은 연락 하나로
서로의 애정을 여러모로 시험하죠

설령 멀리 떨어져 있어도
연락이라는 하나의 수단으로 인해
언제나 함께 있는 거 같은 기분이 생기니

하지만 그 연락에 너무 서로를 의지하고 믿지 말아주세요

가끔은 간단하게 연락하고
직접 서로가 만나 진심 어린 사랑을 한다면
분명 연락만 했을 때의 그 느낌보다 훨씬 더 행복할 거예요

EPISODE 19 소통

사랑하는 너와 연락하면
실제론 곁에 없지만
마치 너와 함께 있는 것 같은 기분이 드는걸

그래서 바로바로 연락을 해주지 않으면
난 금방 곁에 네가 없다는 걸 깨닫고 슬퍼지겠지

그리곤 온종일 네 답이 오기만을 기다리면서
걱정과 근심에 하고 있던 모든 일도 결국 손에 안 잡혀선
그저 네 생각만 내 머릿속에 가득할 테니

그러니 항상 내가 네 곁에 있다는
상상을 할 수 있도록
연락 좀 바로 해줘 바보야
내가 널 걱정 안 하도록 말이야

연락은 기본 애정은 더

저는 이렇게 생각해요
연락이 처음보다 많이 늦어졌으면서
그거에 대한 어떠한 말도 없고
그저 연락이 늦어 미안하다 다음부턴 빨리 하겠다
내가 연락을 못 하면 네가 연락하면 되지 않냐
이런 뻔한 말들은 핑계라고 전 생각해요

분명 그대를 먼저 생각했다면
그런 시간적 핑계거리 생각보단
차라리 가장 먼저 그대가 생각나니까
무엇을 하는지에 대한 궁금함에 연락을 했을 거예요

그 어떠한 이유가 되었든 간에

EPISODE 20 여정

그대는 아마 모르겠죠
제가 어떤 마음으로 그대에게 다가가는지를

또한 그대를 조금이라도 보기 위해
시간과 거리도 마다치 않는 것을

이런 그대에게
제 마음을 조심스레 고백하고 싶지만

그런 용기조차도 저에겐 없어서
그저 그대에 대한 제 마음을 숨긴 채

그대를 향해 오늘도
저는 여정을 시작하고 있어요

이런 제 마음 그대도 알고 있는지

짝사랑

네가 좋아서 난 너에게
하루도 빠짐없이 연락하는 건데

왜 너는 내 마음을 정말 모르는 건지
아니면 눈치가 없는 건지

그것도 아니면 날 포기한 건지

만약 포기할 거면 차라리
나에게 다가오지도 말지

왜 내가 이런 널 이렇게 깊이 좋아하는 건지

정작 나 자신도 알 순 없지만
너를 좋아하고 있단 마음은 확실하기에
오히려 난 너를 좋아한 마음을 숨긴 채

그저 내가 눈치채기만 기다리며 너에게 연락하려니
오히려 이런 너에게 정말인지 내 마음이 애가 타

넌 언제쯤 내 연락이 단순한 연락이 아닌
내가 너를 좋아해서 연락을 이어가고 있단 걸 알아주는지

그리고 서로에게 주어진 마지막 시간의 그 두 글자

'미련'

한 사람에 대한 미련이 생기면 벌어지는 일

그 사람이 오늘 제 꿈속에 나타났어요
그리고 또 그 사람의 환청과 환영이
제 귀와 제 두 눈에 들리고 보이기까지 해요

아마 이런 증상이 나타나는 것은
지금 그 사람과 성격이 비슷한 사람과
행복하게 연애를 하고 있어서 그런가 봐요

그렇게 그 사람과 꼭 닮은 사람과
함께 이런저런 추억 쌓으며 세월이 지나니

서로의 콩깍지가 벗겨날 때쯤
사소한 말다툼에도 저에게 짜증을 내요. 화를 내요

하지만 저는
두 번 다신 똑같은 방식으로 헤어지는 건
두렵고 무서워서
최대한 더 맞춰 주려고 해요

이런 제가 그 사람은
지친데요. 지겹데요

결국 다른 사람 만나
행복하라는 거짓말만 고한 채

그 사람도 저를 떠나갔네요

제가 도대체 무엇을 잘못했나요

저는 그냥 애초에
사랑주거나 사랑받을 자격도 없었던 걸까요

그렇게 오늘 하루도 저는 그 사람을 못 잊어서
환영과 환청을 듣고 들으며
악몽이란 꿈을 꾸겠죠 이렇게

Q

전 남자친구랑 일 년 사귀고 두 달 전에 헤어졌어요

헤어진 이유는 서로 안 맞는 것도 많고
싸우는 게 서로 지쳐서 결국 일 년 만에 헤어진 거였어요

항상 서로 싸울 때 자기는 잘못한 거
없다고 생각하고 자존심도 있었거든요

결국 헤어질 때 저를 잡지도 않았고
그렇게 서로가 끝냈어요 그로부터 남자친구가
휴가 나오고 저에게 연락 한 번도 안했죠
근데 우리가 사귈 때 썼던
통화요금 절약 어플이 있었는데
제가 070 번호를 구입하고
남자친구가 공중전화에서 070 번호로 전화를 하면
어플을 통해서 저한테 전화가 걸리는 시스템인데
저번 달에 그 어플로 남자친구한테 전화가 왔어요

저는 받아야 되나 말아야 되나
하고 있었는데 결국 끊겨버리고
어차피 돈 주고 산 번호고 기간이 남았으니까
다른 군인 친구들이랑 쓰려고 놔뒀거든요
근데 남자친구는 번호를 해지할 수 있는 걸로 알거예요
그래서 헤어질 때도 이제 070 번호도
해지하라고 했는데 헤어지는 마당에 그거 해지할 수는 없었죠
그래서 전 놔둔 거였는데 작가님
전 남자친구의 심리를 모르겠어요

단지 해지했는지 안 했는지 궁금해서 건 건가요
마지막으로 그 전화는 유월에 오다가
그 이후로 휴가도 한 번 나왔었는데 두 번 다신 연락 온 거 하나도 없었어요

A

군대에 있으니 그대 생각이 나서
한번 용기 있게 걸은 거 같아요

하지만 그대가 무심코 안 받아버려서
그 뒤로 아예 정리를 해버린 거 같아요

그대가 만약 그때 받았다면
다시 약간이라도 연애의 조짐이 보일지도 모르겠죠

하지만 이미 놓쳐버린 하루는 다시 되돌릴 수 없어요

그러니 그대도 이만 마음 정리를 하고
새로운 사랑을 찾길 바랄게. 예쁜 사람아

부디 놓쳐버린 연 때문에 홀로 아파하지 말기를

EPISODE 01 미련

미련이란 건
사랑하는 사람과 함께한
그 애틋하고 소중한 시간들

바라만 보아도 행복해
절로 웃음꽃이 피는 그 짧은 시간들

하지만 헤어진다면
한때 사랑했던 사람이랑
두 번 다신 함께 있을 수 없고
그저 혼자 머리와 가슴 속에만
떠나간 사랑을 되물으며
온종일 혼자만의 시간을 갖는 것

여기에 그동안 함께
사진 찍었던 그 모습들까지 챙겨 본다면
아마 온종일 상사병에 젖어
떠나간 사람을 그리워하겠지

두 번 다신 볼 수 없단 걸 알면서도

그것이 우리가 알고 있는 미련

정말인지 사랑 후 이별 다음엔 미련이란 게
참 한 사람의 감정을 엄청 소비하게 만들어버리죠

그럴 바엔 애초에 인연이 생기지 않았다면
덜 아팠을 텐데 말이에요

EPISODE 02 존재

너는 나에게 있어 어떤 존재일까

단순히 내가 널 좋아한 사람으로
기억되려는지

아니면 너도 날 좋아했고
나도 널 좋아한 애틋한 사람으로
기억이 되려는지

참 이렇게 감수성이 있는 밤이면
난 네 생각에 오늘도 잠 못 드는데

넌 과연 내 생각에 잠들지

오직 아름다운 별들이 무수히 있는
저 밤하늘만 아마 우리의 마음을 알고 있겠죠

EPISODE 03 불면증

계속 네 꿈을 꾸고
졸린 눈을 손으로 비비며

네가 혹시 있을까
하는 마음으로 옆을 바라보지만

네가 없단 걸
난 깨달은 순간엔

난 아직도 널 잊지 못했다는 게
널 보내주지 못하고 그리워한다는 게
이토록 처량할 순 없겠지

네가 떠나간 빈자리

너를 꿈꾸며 행복한 잠에 빠져들고 싶은데
떠나가 버린 네 얼굴이 내 머릿속에 기억나질 않아
나는 네 꿈을 꾸며 행복한 잠에 빠질 수 없어

그러니 한 번만 마지막 딱 한 번만이라도 좋으니까
다시 나에게로 돌아와 나를 품에 안겨 재워줬으면 해

EPISODE 04 신

여자는 자기를 좋아해
주는 사람에게 사랑을 듬뿍 받으며
언제나 행복해야 하는데

왜 나는 그런 사랑조차
받아보질 못하는 건지

도대체 내가 무슨 죄를
얼마나 많이 지었기에
신께서 노해 나에게 이런 잔혹한 벌을 주시는 건지

아 정말 신이란 게 있다면 직접 묻고 싶다

왜 전 다른 사람들처럼 소소하고
세상에서 제일 쉬운 행복이란 것도 저는 못하는 건가요

그럼 신이 있다면 이렇게 답하겠지

네가 마음에 문을
조금만 남들에게 보이면
가장 가까운 곳에

널 진심으로 사랑해 줄 남자가 기다리고 있다라고
내 물음에 응답을 해 주실 테니

세기의 사랑일지라도 참고 견뎌내야 한다

GABRIEL COCO CHANEL

EPISODE 05 복수

널 위해서
난 모든 걸 다 바치려고 노력했는데
헛고생이었네

그저 내 마음만 이토록 아프려고
너한테 내 마음을 바친 거였네

너를 그리워하며 가슴이 찢어져
그걸 달래려 노래라도 위로하고

되지도 않는 글을 적으면서
널 사무치게 그리워만 하였거늘

이런 내 마음처럼
너도 날 조금이라도
혹시라도 그리워할 줄 알았는데

넌 그저 외로워서 날 가지고 놀았던 거구나

그래 놓곤 온갖 거짓말로
너 혼자 멋진 척
나에게 이별을 고했다는 게

참 가증스러워서 치가 떨린다

지금은 그리움보단 정까지 떨어져서
복수심만 내 머릿속에 가득하거늘

세월이 지나니
이젠 너에 대한 복수심보단
그냥 스쳐가는 인연이라 생각하고

과거의 너보다 날 더 좋아하고
사랑하는 사람을 만나서
그 사람과 행복한 날만 꿈꿔야겠지

EPISODE 06 죄

문득 옛사랑이 그리워
안 된단 걸 알면서도
바보처럼 또다시 SNS에 하나하나 검색을 했다

그런데 새롭게 올라온 게시글에
다들 자기 짚신들을 찾아
행복한 사진이 여럿 올라오니

다른 사람들은 이처럼 나를 잊고 금방
새로운 사랑을 아무렇지도 않게 맞이할 수 있는데

왜 나 혼자 과거라는 감옥에 갇혀
그리움이란 형벌로 헤어 나오지 못하는지

도대체 왜 나만 아직도 미련이란 죄에 사로잡혀
홀로 이렇게 바보 같은 행동을 하는지

언제쯤이면 나도 그들처럼
행복한 모습을 자랑스럽게 보일 수 있는지

참 알 수 없는 내 마음에
참으로 고독하기만 한 외로운 밤이거늘

EPISODE 07 쇠사슬

너를 열렬히 사랑했던
그 마음 때문이었을까

처음 널 사랑했던 그 마음을
이제는 네가 아닌
다른 사람에게 사랑을 주려니

오히려 너에 대한
그 마음이 나에겐 더 그리워져선

마치 쇠사슬로 나의 심장을
꽁꽁 싸매 놓은 듯

너를 사랑했던 그 마음을
이리 쉽사리 주지 못하는데

너도 나처럼 이런 마음일지

아님 이미 날 보내주고
새로운 마음으로 다른 사람에게
내가 받았던 사랑을 주고 있을지

이런 그리운 마음도 난
너에게 닿질 않아 참 아쉬운 하루이거늘

EPISODE 08 별

오늘 밤 유난히
네가 더 보고 싶고 생각나는 이 밤

너도 내 마음을 아는지 모르는지
창문엔 아름다운 별들이
언제나 그 자리에서 아름답게 빛나는데

너도 이 수많은 별들을
나와 같이 보고 있다면

아마 너도 내가 생각나서
나처럼 저 별들을 이어
내 모습을 그리고 있지 않을까 하고
조금이나마 내 마음을 위로해 본다

달

달은 참 좋겠어요

제가 사랑했던 사람을 매일 지켜볼 테니

그 사람이 외로울 땐 같이 말동무도 되어주고
그 사람이 힘이 들 땐 같이 힘을 내어주는 달

그런 달처럼 그대 곁에서 함께 영원히 곁에 있어주고 싶었는데

이젠 그대 곁에 갈 수 없어
그저 바보처럼 저 달을 보며 전 그대와 함께한 추억만 생각하겠죠

EPISODE 09 추억

네가 보고 싶은 그리움에
무작정 나온 이 거리들은

이젠 너와 함께했던 소중한 추억들이
내 눈앞에 아련하게 보이고

너를 잊지 못한 난 무언가에 이끌리듯

내 몸이 저절로
네 향기에 따라 한참을 걷다 보니

도착한 곳은 한때
너와 행복했던 추억이
가장 많이 서린 카페

다시금 이렇게 홀로 둘러보니

사랑하는 너와 함께해 행복했던
지난 나날들이 이렇게 한순간에 지나갔던 거구나

이제는 현실을 직시하고 나도 너를 놓아줘야겠지

안녕 기나긴 너와 나의 아련한 추억의 향기여
우리의 사랑도 함께 안녕히

EPISODE 10 고독

온종일 날씨가 맑았던 날
구름이 없어 수많은 별들이 오랜만에
숨지 않고 모습을 드러낸 날

홀로 그런 날엔 소주와 과자 몇 봉지를 사들고
별들이 잘 보이는 공원 벤치에 앉아
한두 잔 소주를 마시고 나니 점점 취해서는

반짝이는 밤하늘을 보며
네가 생각나 보고 싶지만 널 볼 수 없어

그리움에 하나둘 별들을 이어보니

어느 순간 이어진 별자리는 날 향했던
너의 환하게 웃는 모습이었기에

나는 더욱 더 애타게 그리운 모습을
별자리를 통해 보니
네 그리움에 홀로 난 눈물을 머금으며
이제 와 깨달은 너의 빈자리에
네가 곁에 있어 당연했던 나였거늘

정작 네가 없어지고 나니
내가 정말 널 많이 사랑했단 걸 깨닫고

후회와 그리움으로 이미 떠나간 널 보고 싶어 하며
종일 저 별들을 이어가며 외로이 밤을 지새우겠지

EPISODE 11 SNS

어느 날 SNS에 올라온
그대의 소식을 멀리서나마 이렇게 보니

저를 잊지 못하고 힘들어할 줄 알았는데
그저 저 혼자 그대를 못 잊고
이렇게 홀로 그대를 그리워하며

바보같이 매일 한 번씩 그대의
SNS를 서성거리며 저 혼자 아파했군요

SNS에 올려진 그대 모습은
이미 날 기억에서 지운 지 오래인 듯
행복해 보이는 모습이거늘

그런 그대를 보며
혼자 아파하고 추억 속에 잠겼단 게
참 바보 같은 생각이었네요

하지만 정작 이렇게라도
멀리서 즐거워하는 그대를 보니

한때 그대를 너무나 그리워했지만
이제는 조금씩 지우려고 노력해 볼게요

그게 바보 같은 저에게 있어 마지막으로
가슴 아픈 추억을 지우기 위한 핑계거리라도 될 테니

세상에서 제일 바보 같은 사람

자신을 진심으로 좋아하지도
사랑하지도 않았으면서
심지어 서로가 맞춰가지도 않고

그저 자신의 욕망과 욕구를
채우기 위한 방법으로 사랑을 해서

상대방을 아프게 했지만
오히려 바보같이 버림받은 사람은 끝까지
자기를 버린 상대방이 보고 싶고 그리워서

바보처럼 늘 SNS을 통해
그 사람을 생각하는 것

EPISODE 12 안부

만약 멀리서라도
내 소식을 한 번이라도 듣고 싶다면

다른 사람에게
내 소식을 들으려 하지 마세요

차라리 친구처럼
오랜만에 보는 식으로
저를 찾아주었으면 좋겠어요

제가 그동안 그대를 잊고
어떻게 지내고
또 누굴 사랑하고
헤어진 후 그동안 무엇을 했는지에

우리 사이가 비록 슬픈 결말을 맞이했지만
서로 후회는 없었잖아요

그러니 간단한 안부 정돈
서로 거리낌 없이 물을 수 있도록 해요

EPISODE 13 빈 감정

아무 생각도 없고
아무 감정도 느낌도 안 들며

어떤 행동도 하지 않고
오로지 시곗바늘만 흘러가는 것을

그저 가만히 시계바늘만 바라보니
어느덧 오늘 하루도 다 저물어가네

네가 없는 하루가
나에게 이렇게 고요할 줄은
그 전까진 참 상상도 하지 못했는데

공허

내 마음의 공허함이
이토록 너무나 크게 자리 잡고 있으면
정말인지 그 어떠한 감정도 느낄 수가 없구나

빈 공허함을 억지로 채우려 하면 할수록
오히려 공허함이 더 커져가기만 할 뿐이었네

네가 없으니

EPISODE 14 두 글자

종이에다가 낙서를 하면
지우개로 금방 지우는 것처럼

한번 헤어졌다 해도
미련 없이 사랑을 새롭게 맞이하는
그런 연애가 있는 반면에

종이에다가 낙서가 아닌
처음으로 아름다운 그림을 그렸거늘

막상 그 아름다운 그림이 완성되고 나니
색감이 안 맞아 찢기엔 너무나 아깝고
결국 새로 그림을 다시 그려야 하는 상황에서
또 처음처럼 망칠까 두려움이 커
결국 쉽사리 그리지 못하는 것처럼

가슴 아픈 미련과
새로 사랑을 해야 한다는
이 두려움 가득하기만 한 그런 연애도 있을 테니

그렇게 한 가지 기준점에서
두 가지로 비유가 되는 마법 같은 두 글자

EPISODE 15 보내주세요

한때 정말로 사랑했던 사람을
미련 갖지 말고 보내주길

새로운 사랑은 늘 당신 곁에 기회가 되어서
그대에게 조심스럽게 다가가기 때문에

그러니 사랑한 사람과
가슴 아픈 이별로 인해
그대 홀로 외로워 말고 눈물 흘리지도 마요

그런 그대가 언젠간 슬픔을 딛고
새롭고 행복한 사랑을 할 수 있도록
내가 그대의 곁에서 함께 있어줄게요

상처를 받기 전

사랑은 영원할 수도 없고 때론 영원하기도 하는 법

하지만 만약 그대의 사랑이 영원할 수 없다면
차라리 마음에 병이 들기 전에 그만 보내주세요

영원할 수 없는 사랑에
그대의 소중한 마음마저 병이 들면 안 되잖아요

그러니 보내야 하는 사랑엔 마음에 병이 들기 전에 얼른 보내주세요

EPISODE 16 약

사랑하는 사람과
가슴 아픈 이별을 하고
그거에 대한 상처받을 그대여

부디 너무 아파하지 말길

예를 들면 우리 몸에
상처가 생기면 약을 발라
그 상처가 덧나지 않도록 치료하죠

전 사랑에 대한 이별의 상처도
이와 다르지 않다 생각해요

아픈 이별로 인해 상처받은 그대 마음도
시간이 지나면 분명 괜찮을 거예요

잠깐만 아프고
나중에는 분명 행복할 테니

EPISODE 17 카페

오랜만에 폐인의 모습이 아닌
새 단장을 하고 시끌벅적한 도심 속 밖으로 나와

너와 내가 한때 추억이 있는
카페 안에서 네가 좋아했던
생크림이 올린 모카를 주문하고
자리에 앉아 사람들이 붐비는 카페 안

구석진 자리에 홀로 창문을 바라보며
따뜻한 생크림이 올린 모카를 마시니

이렇게 너와 나의 함께했던
그 카페 안 추억의 짧은 시간마저
이젠 이토록 나 혼자만의 긴 시간일 뿐

아직도 넌 저 카페 문을 열며
반갑게 나에게 인사한 모습이
내 눈가에 선한데 말이야

EPISODE 18 빗물

어두운 밤
나 혼자 외로이 방에 누워서
조용히 빗소리를 듣는다

빗소리가 바람에 따라
거세졌다가 지금은 얌전한 듯
한층 차분하게 내린다

하지만 그렇다고 해서 비가
아예 멈춘 것은 아니기에

마치 누군가에게 자기의
억울함을 얘기하려는 듯

멈출 생각을 하지 않고
하염없이 비는 울부짖는 소리가

나에게 호소하는 소리로 들리고
거기에 어둡고 캄캄한
까만 먹구름이 낀 밤하늘은

내리는 비를 대신하기라도 한 듯
멀리서나마 달래 보려고 애쓴 느낌이 든다

그걸 가만히 혼자 창문 밖에서
바라보니 마치 지금의 내 마음 같아서

지금 당장이라도
밖으로 나가 거세게 쏟아지는
빗물에 내 얼굴을 적시고 싶다

그럼 내 눈물이 비가 내려주는 핑계로
빗물과 함께 흘려보낼 수 있도록

EPISODE 19 경험

좋아했던 사람에게 외면당하고
그 마음이 너무도 날 깊은 절망에 빠트려

한동안 밤잠을 설칠 정도로
너를 그리워하며 악몽을 꿨고
그런 나에게 너무 힘든 나머지
혼자 방으로 들어가 이불 속에서 소리 없이 울었다

그렇게 내 마음은 더욱더 병이 들어갔고
너를 내 기억 속에서 지우려면 할수록
나는 오히려 더 아파왔기에

이대론 널 내 기억에서
도무지 지울 수가 없어서
조금씩 글로 널 지우려고 해보니

도리어 내 글을 읽는 사람들에게
공감을 줬고 많은 응원도 받았다

그걸 본 난 널 지우려고 써내려간 글들이
오히려 이젠 내 꿈으로 커져만 갔다는 게

참 신기하지 않을 수 없으리란 생각이 들었다

EPISODE 20 아침

칠흑 같던
어둠이 지나고

환한 아침과
싱그러운 이슬이
살포시 잎사귀에 내리는

아름다운 아침을
이 두 눈으로 보게 된다는 것이

또한 오랜만이자 처음인
이 행복한 기분을 다시 맞이할 수 있단 게

나에겐 그저 언제나 어두운 날만
계속될 줄 알았거늘

환하고 아름다운 눈부신 아침을 본다는 게
이토록 행복할 줄 그 누가 알았겠는가

언젠간 이처럼 암울했던 과거가 아닌
새로운 날을 맞이할 빛이 된다는 걸

밝고 아름다운 그대의 청춘을 응원하는 그 두 글자

'세상'

DREAM

여러 번의 실패를 겪었다
여러 번의 좌절을 겪었다
여러 번의 눈물을 흘렸다
여러 번의 목표를 접었다

항상 가고자 한 내 길은
험난하고 때론 포기하고 싶고
때때론 견디지 못할 만큼 우울할지라도

첫발을 과감히 내디뎠으니
이젠 포기하지 말고 오로지 성공을 위해

내가 정한 목표를 이루기 위해서
나 자신이 과감히 앞으로 나갈 차례이기에

청춘은 또 다른 말로

꿈이 있는 자를 비추어 주는 글자 Q&A

Q

저는 어렸을 때부터 음악을 좋아했고
반대하는 부모님을 겨우 설득해서 고등학교 2학년 때부터
실용음악 입시를 시작하고 고등학교 3학년 때 입시에 실패했지만
부모님의 지원으로 재수까지 시험을 또 봤어요

근데 워낙 경쟁률이 세서 재수했는데도 실패하고 결국 음악 접고
전혀 다른 학과의 대학교에 입학해서 다니고 있지만, 너무 하기 싫어요

적성에 안 맞는 건 당연하고 학교를 왜 다니는지도 모르겠고
게다가 제 마음은 정작 배우고 싶지도 않은데
오히려 부모님이 지금 제가 배우는 거에 만족하시거든요

전 여전히 음악이 너무 하고 싶은데
그럴 형편도 안 되고 다시 자퇴하고
음악을 시작하기엔 부모님께 너무 죄송하다고 생각하지만
그래도 노래 들을 때마다 음악 프로그램 볼 때마다
그 노래가 너무너무 하고 싶은데 계속 후회하고 있고
그래서인지 요즘 이거 때문에 너무 스트레스 받아요

작가님 어떡하면 좋을까요

A

재수까지 할 만큼 음악을 좋아한다면
차라리 더 늦기 전에 다시 도전해 보는 게 어떻겠어요

한 번뿐인 그대의 소중한 인생인데
스트레스까지 받으면서 굳이 소중한 꿈을
포기하는 것보다 차라리 열 번이고 백 번이고
더디더라도 끝까지 포기하지 않는다면
분명 그 꿈을 이룰 수 있을 거라 전 믿어요

청춘은 꿈이 없이 그저 삶에 충실한 사람보다
오히려 꿈과 열정을 갖고 그 삶과 용기 있게 맞서는
자만이 더욱 아름답게 빛나니깐요

그러니 걱정하지 마세요. 제가 보장할 테니

그리고 힘내세요

제가 본 어여쁜 그대의 청춘은 아직 시든 꽃이 아닌

언제든 아름답게 피어날 꽃일 테니

EPISODE 01 수고

오늘 하루 힘들었다면
내일은 힘들지 않을 거예요

만약 내일도 힘들고
그다음에도 힘들다면

그 힘들었던 하루 중
그대가 무엇을 하든
잠깐이라도 즐거운 상상을
마음껏 펼쳐보세요

그럼 어느 순간 힘들고 지쳤던 삶이
즐겁고 행복할 테니

자 그럼 이제 그대에게 묻고 싶어요

"오늘 하루는 어땠나요."
"힘들었나요."
"아니면 행복했나요."

EPISODE 02 청춘

괜찮아요
한 번쯤 실패한다고 해서
홀로 눈물을 보이진 마세요

지금까지 꼭 성공할 거란
희망을 믿고 노력한 걸 테니

밝고 명랑한 그대의
지치지 않는 열정이 가득한 청춘이
이렇게 한 번 패배의 쓴맛을 보고
좌절하는 건 아직 일러요

그러니 좌절하지도 말고
그렇다고 포기하지도 말고

당신의 빛나는 청춘이 다할 때까지
꿈을 이루겠단 믿음으로 앞으로 나아가길

멀리서나마 그대를 응원해 봅니다

EPISODE 03 겁쟁이

참 겁쟁이 바보인가 봐

무엇이 두려워서
기껏 시간을 버리면서까지
용기를 내지 못하는 건지

그 한 발짝 더 가는 게
왜 이리 남들보다
이렇게나 더딘 건지

하지만 더뎌도 괜찮아
바보라도 괜찮아
우유부단해도 괜찮아

세상 속 넓은 새장에 갇혀있지 않고
비록 남들보다 뒤처지지만

그래도 이렇게
새들처럼 어디든지 자유롭게
비행하며 홀로 여행을 하고
또 그만큼 추억을 쌓았으니까

설령 뒤처지면 뭐 어때
내가 정말 하고 싶은 걸

지금이라도 찾아냈으니
그걸로 이제 열심히 노력하면 돼

분명 할 수 있을 거예요
그러니 절대 좌절하지 말기를

제가 그대를 항상 응원할 테니

나는 지금 무엇을 하기 위해 이토록 삶을 버텨왔는가

당신이 무엇을 해야 하는지 해답을 모른다면
어렸을 때의 그 작은 꿈을 한번 생각해보길

그럼 잠시나마 삶에 치여
그동안 놓치고 있던 그때의 순수했던 시절로 돌아가
아름답게 꽃피웠던 그대의 잊어버린 꿈을 다시 찾을 테니

EPISODE 04 하나

나란 사람은 한 명인데
너무나 하고 싶은 것은 많고

정작 하고 싶은 건 많아도
나 자신은 노력을 안 하니

내 마음대로 이도 저도 안 되는 게
이리 서러울 순 없겠죠

어느덧 세월이 지나 빠르게 나이를 먹어가니
이젠 내가 진정 무엇을 할 것인지
주변 사람들에게 조언도 듣고
또 나름대로 방법도 찾아야 하거늘

아직도 나 자신이
무엇을 하고 싶어 하는지
확답이 정해져 있지 않은 채

그저 이렇게 허무하게 세월만 보내는 게
이토록 고독할 줄은
철없을 적엔 전혀 몰랐거늘

어릴 적 아무것도 모르고
즐거운 추억만 가득했던 인생이

성인이 된 지금은
홀로 험난한 세상과 맞서야 한다는 게

지금의 나 자신은 너무나 두려울 뿐

꿈이 있기에 힘든 삶을 버틸 수 있는 거겠죠

힘들고 지치고 고되지만
그래도 그대가 정말 하고 싶었던 것이기에
절대로 포기하지 말기를

오히려 남들에게 열정과 최선으로
당당히 보여줄 빛나는 그대가 되기를

EPISODE 05 열정

사람들은 다 하나씩
정말 이루고 싶은 목표가 있기에

그 목표가 있다면
마음속으로 이룰 수 있는
희망만 간직하는 것보단

그 목표를 값진 성공으로 바꾸기 위해
희망이 아닌 열정으로 바꿔보는 건 어떨까요

그럼 그 목표로 다짐했던 것이
그대에게 분명 성공이 되어 보답할 테니깐요

목표란 한 번뿐인 인생의 기회의 순간

목표가 있어 이 세상 사람들은
그 힘든 삶을 살아가는 버팀목이 되어주는 거겠죠

그러니 목표가 있다면
한 번뿐인 인생의 소중한 시간을
부디 낭비하지 마세요

만약 당신이 목표가 없어
그 버린 시간과 세월은
두 번 다신 돌아오지 않으니까

그러니 우리 한 번뿐인 인생의 시간을 낭비하지 말도록 해요

EPISODE 06 목표

자신이 하고자 한 목표가 생겼고

그 목표를
실패가 아닌 성공으로 이루기 위한
첫발을 내디뎠기에

EPISODE 07 점

내가 결정한 것이기에
설령 후회해도 돌이킬 수 없는 것
그것이 내 인생의 시작이자 끝인 이유

EPISODE 08 후에

나는 과거에는
내 재능을 믿고 노력은 하지 않았다
어차피 재능으로 성공할 확신이 있었기에

현재의 나는
20대 중후반의 나이에
내가 무엇을 해야 하는지 그 끝을 알 수 없지만

분명 이것만은 기억하기에

확실하게 남들보다 조금 더
노력하여 앞으로 나아가고 있단
느낌으로, 이 삶을 버틴다면

언젠간 청춘을 밝힐 아름다운 별이 된다는 걸
난 내 두 눈으로 지켜볼 수 있으리라 믿는다

EPISODE 09 희망

정말 네가 하고 싶은 게 있다면
그걸 위해 너 자신이 어떤 어려움과
고난이 있을지라도 절대 포기하지 않고

목표를 위해 열심히 노력하는 것이
최선의 도리가 아니었을지

목표가 눈앞에 있는데도
그대는 핑계만 댈 뿐

어떠한 노력도 하지 않고
미루기만 한다면

차라리 애초에
그 무엇도 시작하지 않는 게

그나마 힘든 이 세상을 살아갈
그대를 위한 핑계거리라도 될 테니

그러니 목표가 생겼으면
끝까지 앞으로 나아가기를

EPISODE 10 규칙

세상에는 수많은 법이 있다

그 법을 지키지 않으면
죄란 명분하에
철장 안 감옥에 갇혀 버리기 때문에

감옥에 갇히지 않기 위해
사람들은 일정하게 하루를 반복하며 살아간다

하지만 가끔은 하루라도 좋으니
새가 되어 세상에 얽매이지 않고
자유롭게 푸르고 맑고 넓은 하늘을
마음껏 날아보고 싶지 않을까 하고 생각한다

EPISODE 11 여행

사회생활과 대인관계에 지친 그대

하루쯤은 종일
책상과 컴퓨터 앞에 앉아 업무 말고

따뜻한 햇살
그리고 시원한 바닷바람을
맞으며 혼자라도 좋으니

사회생활의 스트레스를 날릴 겸
여행을 다녀오는 건 어떠세요

싱그러운 바람을 맞으며
풀숲에 누워 그대가 잠이 들면
꿈속에서 제가 그대의 얼굴을 어루만져 줄게요

그리고 입맞춤을 하며 귓가에 작은 목소리로
그동안 고생 많았어요
정말 수고했어요라고
따뜻한 말 위로의 말을 해드릴게요

그러니 일상 속 삶에 지친다면
그대 한 번쯤 지친 삶을 벗어나 여행을

EPISODE 12 휴식

하루라도 좋으니
혼자 조용히 쉬고 싶을 때가 있을 거예요

그럼 그때는 그대를 힘들게 했던
모든 걸 내려놓고 한 번이라도 좋으니

소중한 사람과 행복한 추억을
만들어 보는 건 어떨까요

아마 그대와 함께라면 분명 기뻐할 거예요

삶은 때론 휴식도 필요한 법

이리 치이고 저리 치이는
고되고 험난한 삶 때문에
그대가 많이 다치고 아파하고 울 때도 분명 있겠죠

그럴 땐 잠시 그대가 하고 있는 걸 내려놓아도 되요

차라리 친구를 만나서 그동안의 스트레스를 풀든
아니면 가족끼리 오랜만에 외식을 하든
홀로 스트레스를 떨치려 여행을 떠날 준비를 하든

분명한 건 지금 소중한 그대에겐
짧은 휴식이 필요하단 거예요

그러니 잠시 삶을 놓고
소중한 그대만의 삶을 짧든 길든 살아보기로 해요 우리

EPISODE 13 피로감

모든 게 귀찮아지는 하루

이럴 땐 쥐 죽은 듯
종일 잠들고 싶은 날이 있다

하지만 마음 한구석엔
아직 남아있는 할 일이 있기에

쉽사리 마음 놓고
여유 부릴 수는 없는 법이니

피곤하고 고단한 몸을 이끌며
하루하루를 난 죽지 못해 살아가고 있다

그러니 소원이 있다면
한번은 좋으니

아무 생각도 가지지 않고
그 어떤 스트레스를 받지도 않으며

육체적으로 힘들게 살아가지도 않고
그저 푹 잠만 자고 싶다

EPISODE 14 미로

한 번뿐인 인생을 비유하자면
마치 복잡하고 얽혀있으며
출구를 찾지 못하면
영영 갇혀버리는
미로 같은 인생이지만

두려워하지 마세요.
무서워하지 마세요.

그 얽히고 복잡하기만 한 미로라고 한들
헤매다 보면 출구는 반드시
그대 앞에 보일 거예요

EPISODE 15 씨앗

사랑하는 그대
노력이란 씨앗으로
성공이란 아름다운 꽃을 피우길

좌절이란 거름과
실패란 땅이
오히려 그대를
아름답고 우아하게
꽃이 필 수 있도록 밑천이 되어줄 테니

그러니 그대여
아무 걱정하지 말아요

그대는 아직 조그마한 씨앗이니깐 말이죠

오히려
그 씨앗이 찬란하게 꽃 피울 수 있도록

내가 그대의 햇빛과
때론 먹구름이 낀 비로써
조금이라도 빨리 아름다운 꽃이
필 수 있도록 도와줄게요

EPISODE 16 어둠 & 빛

빛 하나 없는 어두운 삶이
당신을 힘들게 하여도
절대로 절망하지 말기를

끝없는 어둠이
그대의 마음에 자리 잡고 있다면
어둠 옆엔 작지만 한없이
밝은 빛이 분명 있을 테니깐요

그러니 절대로
그 어둠에 나를 다 주지 마세요

설령 몇 번의 실패와
좌절을 직접 경험해서
그로 인해 잠깐 어둠에 깊이 빠진다 해도

괜찮아요
걱정하지 말아요

그대를 구해주는 사람은
항상 곁에서 든든한 구원자로
그대가 어둠 속에 작게나마 자리 잡은 빛을
볼 수 있도록 함께 있을 거예요

EPISODE 17 밤

난 그토록 무엇을 위해서
한 번뿐인 인생을 허무하게 보낸 건지

다른 사람들처럼 목표도 야망도 없이
그저 시간이 흘러가는 대로
보내는 삶이 이토록 허무했던 건지

오늘따라 너무나 고독하고
정말인지 참 외로운 새벽이거늘

내 마음 알아주는 사람 또한 없기에
더욱더 외로움만 커져갈 뿐

EPISODE 18 주사위

내 처음이자 마지막 인생에서
주사위를 다시 한번 더 굴렸다

이런 미신을 믿을 만큼
벼랑 끝 절벽에서 언제 떨어질지도
모를 아슬아슬하게 연약한 나뭇가지를 잡으며

목청껏 살려달라고
아직 죽고 싶지 않다고 소리치지만

그저 거센 파도와 바닷바람이
내 몸을 감싸고 있는, 그런 심정이었다

나 자신은 아마 그만큼 확정되지 않는,

내 꿈과 열정 그리고
청춘을 바칠 정도의 간절함이
너무나 이루고 싶었을지도 모르기에

그렇기에 지푸라기 심정으로
주사위를 굴린 거겠지

한 번뿐인 인생게임에서
마지막 골인 지점을 향해 주사위를 굴려
높은 숫자가 나와야 하는 상황이기 때문에

만약에 운이 좋아 높은 숫자가 나온다면
나 자신과의 승부에서
실패가 아닌 성공으로 골인 지점에 들어갈 테니

EPISODE 19 붉은 노을

너무 힘들다

그저 아무 생각 없이
단지 이 힘든 세상을 버티기 위해
내 인생을 살아가는 거 같아 마음이 무겁다

어릴 땐 동네 놀이터에서
시간 가는 줄도 모르고
붉은 노을이 질 때쯤
그저 해맑게 흙탕물에 놀며
행복하고 즐거운 하루였는데

그 아름다웠던 붉은 노을의 모습도 보지 못한 채

이제는 단지 살아가기 위해
목표도 야망도 없이

그저 일하는 기계처럼
나를 포장한 채로

힘겹게 살아가야 한다는 것을
어릴 때 그 누가 알았겠는가

그저 흙탕물에서 온몸이 더러워질 때까지
동네 아이들과 시간 가는 줄도 모르는
순수하기만 한 철부지 어린아이였거늘

성인이 된 지금은
어린아이처럼 흙탕물에서 철없이 뒹굴고

집에 가던 길에 아름답게
석양이 진 붉은 노을을 한 번만 보면 좋을 텐데

EPISODE 20 바다

바다는 넓고
네 꿈 또한
저 넓은 바다처럼
한없이 큰 꿈이기에

포기하지 말고
그 꿈을 이루기 위해
고난과 역경을 해쳐나갈 수 있는
밝고 아름다운 청춘이 될 수 있기를

꿈이 있기에

우린 어릴 때의 소박하고
때론 거창하기도 한
그런 꿈이 한 가지씩은
모두 가지고 있었어요

하지만 세월과 시간이 지나니
몇 사람들은 너무나
높은 현실에 가로막혀
그 꿈을 펴보지도 못한 채

그저 자신이 살아가기 위해
허황된 꿈 대신 현실을 택하고 말았죠

그리곤 어느 순간 꿈꾸는 사람은 적어지고
현실에 어떻게 해서든 버티기 위함으로
지금 이 세상을 사람들은 살아가고 있어요

하지만 전 분명히 말하고 싶어요

꿈이 있다면 열정이 생기고 기회가 생기며
한 번뿐인 청춘도 꿈이 있기에 몇 번이고 될 수 있는 거란 걸

여러분이 할 수 있는 가장 큰 모험은
바로 여러분이 꿈꿔오던 삶을 사는 것입니다

OPRAH WINFREY

저자가 전해주고 싶던 따뜻한 말

'사랑하는 그대에게'

그대들은 세상에서 가장 아름다운 사람입니다

빛나는 밤 하늘의 별이 되기 위해
고되고 힘들고 막상 꿈이 없어 우울하여도

포기하지 않고 끈기있게
열정이란 힘으로 열심히 앞으로 나아갈 테니

그런 아름다운 그대들을 보며
멀리서나마 부족하지만 응원하고 싶어
늦은 새벽에 이렇게 글을 써내려가겠죠

Q

저는 영상디자인과예요
그림이 좋았고 애니메이션, 만화가 좋았거든요
게다가 어렸을 때부터 그림 잘 그린다 소리 들어서
당연히 진로도 이쪽으로 왔고 좋은 미대의 4년제는 아니지만
실기를 쳐서 전문대 미대에 입학하고 2학년이 되었어요

이젠 내년에 졸업인데 이번에 졸업 작품을 준비하면서 알았어요
너무 괴롭고 막상 그림 그리는 게 즐겁지가 않아요
그 이유가 그림을 그리기 위해 아이디어로 고민해야 하고
머릿속을 부여잡으며 끙끙 거리는 게 너무 싫고
또 남들에게 저에게 못 그린다고 소리 듣는 게 너무 힘들어요

제가 이 일을 나중에 직업을 삼을지도 고민인데
막상 이런 갖은 생각하면 당장 졸업인데 실제로 일궈 놓은 것도 없고,
재능이 특출 난 것도 아니였고 대학교 입시할 때 다른 얘들 사이에서도
잘 그리는 편은 아니였거든요

그냥 제가 그림 좋아한다고 착각한 느낌
그래서 제가 이 일 말고 현 상황에서 할 수 있는 일이 뭐가 있을까
생각하다가 간호조무사라는 걸 알게 되었어요

1년 간호학원을 다니고 자격증을 따서 병원에 취직하는 것도
잠깐 생각했는데 막상 조무사라는 직업이 저한테 맞을지도 모르겠어요

졸업하면 돈은 벌어야 하고 병원에서 일하는 나름의 로망도 있는데
또 한편으론 적성이 안 맞아서 오래 못 버틸 거 같아
걱정되기도 하고 시작하기가 너무 두려워요

이런 잡 생각하니 부모님도 저한테
엄청 실망하실 거 같아 제 자신이 너무 죄인 같고
저를 위해 열심히 지원해주신 부모님께
죄송스러운 마음뿐이에요

저 하고 싶은 거 한다고
비싼 미술학원비 등록금 다 지원해주신 거라
마치 갈 곳 잃은 느낌도 들어버리고 아니면 제가 너무 힘들어서
도망치는 건지 너무 헷갈리기도 하고
제가 그냥 힘들어도 참고 과에 맞는 일을 해야 할까요

도대체 전 어떡하죠? 작가님

A

이런 말하기 앞 써 어여쁜 그대에게 제 진심을 들려주고 싶네요
그대는 저와 비슷해요 저도 이 글을 적기 전까진
미술을 좋아하고 지금까지도 애니매이션 좋아해요
어릴 때부터 저도 미술에 재능이 있다 소리 들었고
그쪽으로 제 꿈을 키웠습니다

하지만 막상 성적과 실기가 좋지 않아 예술 고등학교에 진학하지 못하고
평범한 고등학교를 졸업해서 한동안은 꿈 없이 그저 부모님께 조금이라도 도움이 되고자
갖은 아르바이트와 공장을 다니며 생계를 유지했어요

그러다 제가 한번 사랑하는 사람에게
정말 쓰라린 이별을 맛보았고 그 충격에 한동안
방에만 틀어박혀 그 사람을 생각하고
그 사람에 대한 소식을 들어보려 애쓰고
그 사람에 대한 그리움에 눈물을 흘리기도 했죠
그렇게 마음에 병이 들어갈 때쯤 전 도저히 안 되겠다
싶어서 제 심정에 대한 글을 썼어요

생각날 때마다 틈틈이 쓴 글을 읽어보고
제가 쓴 글에 위로도 받으니 점점 괜찮아졌고 그제야 전 생각했어요
이 글을 나와 비슷한 감정을 가진 사람들에게 알리고
그거에 대한 글에 위로를 받으면
오히려 전 정말 만족한 기분을 느낄 거란 걸
그래서 처음엔 SNS를 통해 글을 몇 개 올렸죠
아니나 다를까 저와 비슷한 감정을 가진 분들이 나타나
많이 공감한다고 먼저 저에게 연락해 주었습니다
그걸 보며 전 미술에 대한 꿈을 접고
작가의 길로 새로운 목표를 정하고
그걸 위해 저 혼자 정보를 알아보고
공유하며 배워나갔고 나중엔 이렇게
작가가 되어 제 꿈을 이루기까지 했어요

이제 제가 하고 싶은 말은
그대가 지금 현재 포기하고 다른 걸 하더라도
그 두 가지를 놓치지 말고 최선을 다해 열심히 성장하란 거예요

EPISODE 01 구독자

오늘 하루
힘들지 않았으면 좋겠습니다

만약 그대가 오늘 하루 힘들어서
조금이라도 위로를 받고자
내 글을 읽고서 마음을 위로받았다면

차라리 나에게 직접 와서
내 옆에서 그대가 오늘 하루
힘들었던 얘기를 말해주세요

그리고 다 얘기했다면
내 품 안은 그대에게 항상 열려있으니

언제든 내 품 안에서
오늘 하루 속상했다면
큰 소리로 울어도 돼요

그럼 난 그대의 넓은 등을
손으로 쓰다듬으며 다독일 테니

그러니 아무 걱정하지 마요 그대

힘들고 지친 하루를
아무도 모르고
신경 안 써준다 해도
그대 곁에서 제가 항상 응원할게요

그러니 힘들었던 하루는
그만 잊어버리고 좋은 꿈꾸며 잠들 수 있기를

EPISODE 02 계기

각자 사람마다
지치고 힘든 하루가 있습니다

하지만 그럴 때마다
글로 자신을 위로하고

혹시나
자기와 같은 마음으로
힘든 사람이 있을까 봐

그런 사람들을 생각하여
자신이 쓴 글을 SNS에 올렸고

자신과 비슷한 하루를
보낸 사람들이 그 글을 읽어

함께 있진 않지만
함께 있는 것처럼
서로가 서로를 위로해 주었습니다

그래서일까요

하나둘씩 마음속 깊이
감명받은 사람들은
어느 순간 자신도 글을 쓰며
자신보다 더 힘들었던 사람들을
조금씩 위로를 해주고 받으며
그렇게 함께 이 힘든 삶을 버텨갔기에

이런 짧은 글이 위로가 된 건지도 모릅니다

목적

얼굴과 키 그리고 몸무게, 성격, 직장
이 세상 수많은 사람들은
이렇게 각자의 삶을 살아갔다

하지만 연애에 치이고
우정에 금이 가고
홀로 삶에 지쳐 우울한 나날을 보낼 때엔

분명 각자 삶을 살아왔던
수많은 사람들의 마음은 다르지 않기에

이렇게 글로라도 자신을 위로한 것일 테니

EPISODE 03 대인관계

버릴 것은 괜히 신경 쓰지 말고 과감히 버려두세요

버릴 건 어차피 재활용도 되지 않는
일반쓰레기에 불과하니깐요

그러니 괜히 버릴 것을 재활용이 되겠지
하며 묵혀두지 마세요

과감하게 용기 있게 버릴 수 있기를
설령 그것이 대인관계일지라도

어차피 연을 끊고 끊어도
내 옆에 함께 있어줄 사람들은
정작 내가 힘들고 위로받고 싶을 때

내가 말해주지 않아도 알아서
나에게 먼저 손을 내밀어 줄 테니깐요
설령 그런 사람조차 없다면 괜찮아요
인연은 새로운 사람도 만나게 해주는
기적도 보여주잖아요

그러니 혼자 마음 아파하지 말고
과감히 놓을 인연은 놓아주세요

EPISODE 04 칼

칼잡이를 올바르게 잡고 있는 줄 알았는데
오히려 나의 잘못된 행동이었네

올바르게 잡았던 게 아니라
나의 오만함과 미련함으로 인해

날카롭게 갈린 칼을
피가 난 줄도 모르고
내 손으로 어리석게 잡았었네

그걸 또 바보같이
이 두 손으로 내 심장에 칼을 꽂았던 거였네

정말 어리석게도 이게 잘못된지도 모르고
칼을 제대로 쥐고 있었다 생각했구나

하지만 한 번 다친 삶이기에
이제 두 번 다신 실수하지 않으리라

오히려 더 날카롭게 하여
내가 힘들었던 만큼 되갚아주리라

그게 바로 부메랑처럼
돌아오는 대인관계의 순리일 테니

EPISODE 05 동반자

그대들의 한 번뿐인 인생에서
오랫동안 함께 있어줄
사람이 한 명이라도 있다면

그 인생은 성공한 거나 마찬가지 아닐까요

자기 인생도 벅찬데 남의 인생까지
신경 써준단 건 애초부터 여러분을
그 어떤 것보다 먼저 소중히 생각해 준단 것일 테니

선물

곁에 누군가가 함께 있어 준단 건
그나마 이 험난한 세상을 버틸 수 있는 유일한 선물

그대에게도 이런 선물이 있나요
만약 있다면 그대는 가장 축복받은 사람일 거예요

EPISODE 06 인생

당신의 한 번뿐인 인생에서

당신이 소중하게 생각하는 사람이
한 명이라도 있다면

그 사람 또한 당신을 소중하게
생각하고 있을 거예요

만약 당신만 소중히 생각하고
정작 그 사람은 당신을 이용하려고 했다면

과감히 놓을 수 있는 용기가
때론 당신에게 필요해요

그게 바로 당신의 한 번뿐인
인생에서 성공하는 방법일 테니

EPISODE 07 소설

사랑하는 그대여
연애를 하고 싶지만 상대가 없어 못 하는가

연애할 상대가 없어 대신 풀어보려 애쓰며
로맨스 소설을 읽어보는가

하나 로맨스 소설을 읽어봤자
결국 연애는 로맨스 소설처럼
행복한 결말이 아닌 슬픈 결말로 끝나기도 한다

이처럼 로맨스 소설과는
다른 결말이 맺히기에

그러니 지금 마음이 허전해서
로맨스 소설로 한동안 죽어간
연애세포를 살리려 한다면
차라리 그러지 말라

우연을 가장한 인연을 분명 기다리면
그대와 어울리는 사람이 반드시
눈앞에 운명처럼 나타날 테니

EPISODE 08 충고

사랑하는 사람이랑 언제까지나 사랑을 계속할 순 없어요

그러니 사랑하는 시간 동안 마음속에 담아 두지 말고
한 번이라도 서로가 진실 되게 사랑한다고 좋아한다고

무작정 몸으로 하는 것보단
먼저 감성적으로 말해 보는 건 어떨까요

말

솔직하게 마음을 표현하는 건
세상에서 가장 아름다운 표현 방법입니다

그러니 망설이지 말고
그대가 진심으로 아끼고
소중한 사람들이 곁에 있다면
먼저 용기 있게 말해보세요

상대방도 싫진 않을 거예요
오히려 그대에게 감사하다는
쑥스러운 말과 행동으로
분명히 당신에게 보여 줄 거예요

EPISODE 09 익숙함에 속아 소중한 걸 잊지 말자

그대가 싫증 나서 버린 그녀는
오히려 그대가 그녀를 사랑해 준 것보다
더 많이 그녀를 사랑해 줄 사람이 데려갈 테니

그러니 제발 곁에 있을 때에
열렬히 아껴주고 매사 소중하게
그리고 한 번이라도 더 사랑해 주세요

정말 익숙함에 속아 소중한 걸 잃지 말기를

방법

익숙함이라는 건
사랑하는 사람과의 설렘이 사라지고
함께 있어 더할 나위 없이 행복한
그런 감정을 느낄 수 있는 것

하지만 익숙하다 해서
단지 그 잠깐의 행복함을
서로가 무심코 지나치지 말고
오히려 더 소중하게 생각해 주세요

행복은 단지 잠깐일 뿐

그 잠깐을 오래도록 유지하기 위함은
처음에 순수하게 서로가 좋아했던 그 감정을 기억하시면 돼요

그럼 아무리 익숙하다 하더라도
그 설렘 때문에 오히려 서로에게 더 소중하게 느껴질 테니

그것이 바로 익숙함에 속아 소중한 걸 잃지 않는
가장 중요한 방법이 아닐까요

미숙한 사랑은
당신이 필요해서 당신을 사랑한다고 하지만,
성숙한 사랑은
사랑하니까 당신이 필요하다고 한다

SIR WINSTON CHURCHILL

EPISODE 10 고민

저는 사람들에게 이런 모습을 보았습니다

자기가 배우고 싶어서 늦은 나이에
시작해 결국 자격증이 여러 개 생기고
이젠 언제든지 원하는 일을 할 수 있는 열린 길인데
아직도 부족하다고 생각해 고민을 털어놓는 사람

또 다른 사람은 배우는 게 아닌
직장을 다니며 자신만의 열정과 노력을 하여
결국엔 진급을 한 사람

그리고 또 다른 사람은 그저
조금이라도 더 젊은 청춘을 즐기기 위해
하루만 열심히 일을 하고
나머지는 홍청망청 여유를 즐기는 사람

마지막으로 어떤 사람은
태어날 때부터 흔히 말하는 금수저라 흥청망청 써버려도
결국엔 자신에게 높은 명예와 지위가 따라오는 사람

이런 사람들을 보니 전 생각했습니다

세상엔 수많은 사람이 있고
단지 자신에게 닥친 상황을 이기냐 이기지 못하느냐에
대한 노력의 차이일 뿐

아무리 힘들고 지친 삶이라도
악착같이 목표를 위해 버티고 견딘다면
언젠간 사회는 우리에게 보답을 해줄 테니깐요

그러니 다들 힘내세요

EPISODE 11 사막

확정도 없는 미래를 위해
열정과 노력을 자신의 의지로 투자한단 건
아마 이런 생각으로 열정을 쏟아부은 게 아닐지

지금 사막을 여행하고 있는데
목이 말라 물을 마시기 위해 오아시스를
찾아 끝없이 걸어갔지만

결국 오아시스가 보이지 않자
어떻게 해서든 살아가기 위해
비닐을 이용해 새벽 이슬을 모아 물로 이용하고

그 아이디어를 발전시켜
나중에는 우물을 만들어 내는
발명가로 사람들에게 도움이 될지 모를 테니

이처럼 우리의 인생이라는 것은
그 누구도 결말이 정해져 있지 않죠

그러니 한번 성공이 확실하지 않은 곳을 향해
꿈을 가지고 도전해본다면
분명 나중엔 더 큰 성과로
자신에게 돌아오기 마련이에요

그러니 주변에 그런 사람이 있다면
따끔한 충고보단 따뜻한 위로와
격려의 한마디가 더 힘이 날 테니

오늘 하루 힘들었던 사람들에게
수고했단 말 한마디라도 전해주는 게 어떨까요

EPISODE 12 잠든 뒤

그대가 잠든 뒤
한 줄기 빛이 안 보이는 어두운 밤하늘은
시간이 지나면 언제 그랬냐는 듯이

커튼 친 창문에 밝고 따뜻한 햇살이
그대를 일어나게 도와줄 거예요

그러니 그대 아무 걱정하지 말기를

그대의 힘든 일
그대의 가슴 아팠던 슬픈 사랑조차도

시간이 지나면 언제 그랬냐는 듯
아무렇지도 않을 테니깐요

그러니 이제는
어두운 밤하늘에 걱정과 고민거리를 묻어버리고

어둠이 지난 눈부신 햇살엔
행복만이 가득하길 바랄게요

EPISODE 13 날

고독하고
별빛조차도 없는
그런 어두운 밤보단

밤이 지나 환하고 눈부시게
떠오르는 아름다운 저 태양처럼

제가 사랑하는 그대도
모든 아픔과 슬픔은 잊어버리고

이젠 새로운 마음가짐으로
항상 새롭게 떠오르는 저 태양처럼
환하게 빛날 수 있도록

더 이상 고독하게 혼자 아파하지 말았으면

EPISODE 14 응원

아직 많이
서툴고 부족한 그대지만

하지만 그런 그대에게도
그대가 가진 꿈과 열정이 있다면
반드시 값진 보석으로 돌아올 테니

그러니 중간에
포기란 핑계를 대지 말고

일이 생각보다 잘 안 풀린다고
속상하게 혼자서 방에 들어가
이불 뒤집어 쓰고 눈물 흘리지 말기를

부족한 건 그대의 끈기로
다시 이겨내면 될 테니

그러니 오늘 하루도
꿈을 이루기 위해
열정이 가득한 그대가 되길 바랄게요

비록 한 번도 만나보지 못했지만
항상 곁에서 함께 응원할 테니

힘내세요

눈부시게
찬란한 아름다운 보석 같은 청춘이여

부디 이 험하고 거친 삶에 맞서
절대 포기하지 말기를

사랑하는 그대는 분명
그 누구보다 가치 있는 사람이니깐

EPISODE 15 어른

점점
어른이 되어가니

그 어릴 적에 받아 본
따뜻한 사랑과 관심이 아닌

홀로
이 거칠고
넓기만 한 세상과 삶을
아무 도움 하나 없이

그저 죽지 않고
살아가야 한다는 게 이토록
무거운 짐이 되어있을 줄은

왜 어릴 땐 그저 밖에서 뛰노는 게
즐겁고 행복하기만 한 것인지

지금의 어른이 되어선 왜 어릴 때가
이리 그립게만 느껴지는 것인지

아마 이런 그리움이 드는 건
그대의 삶이 그만큼 힘들고

홀로 견뎌내기엔
각자의 바쁜 삶 때문에
도움이나 위로가 되어주지 못하니

이토록 쓸쓸한
기분만 남아있겠죠

EPISODE 16 비

어두운 방 안에 혼자 있으니
너무나 고독하고 외로운 이 밤

게다가 얼마나 조용하면
창문 너머로 밖에
빗소리까지 내 귀에 들리는지

그걸 가만히
홀로 귀 기울여 듣고 있으니

마치 빗소리가 우울한
마음을 알아주기라도 한 듯

대신 서럽도록 눈물 흘려주네

EPISODE 17 자존감

지금 모습도 충분히 예쁜데
왜 어디가 마음에 안 들어서
그렇게 남들에게 보여 줄 자신이 없나요

제가 생각하기에 사람은
서로 못생기고 잘생기고가 없어요

그저 나 자신을 사랑하면
모든 게 예뻐 보이고 아름답게 보이기 마련이에요

그대는 아직 자신조차 사랑하지 않아서
못생겼단 편견과 생각으로
이 넓은 세상을 바라보는 것이니

그러니 사랑하는 그대여
이제는 그대 자신부터
먼저 사랑하는 생각을 가져보도록 해요, 우리

EPISODE 18 그대

그대 오늘 힘들고 지친 하루겠죠

심지어 아무도 그대 힘든단 걸
알아주지 않아 속상했나요

그래서 행복하게 남들 웃을 때
홀로 눈물 삼키고 있었나요

그대 울지 말아요
그대는 단지 남들보다 조금 더딜 뿐이에요

그 우울한 공백 기간을 보내며
헛된 시간을 낭비하지 말아요, 우리

차라리 그 시간에 하고 싶은 걸
조금씩 해보세요

그럼 나중에 조금이라도
그대는 후회 없는 삶을 살아갈 테니

EPISODE 19 너

너는 너니까 아름답고
너는 너니까 남들에게 사랑받고
너는 너니까 남들에게 사랑 주고

이런 네 모습과 네 행동 하나
그저 나에겐 이렇게나 어여쁜데

그러니 어여쁜 네 사람아

혹여나 부디 그대의 우는 모습을
저에게 보여주지 말아요

그대가 운다면
그런 모습을 보는 저로서는
마치 제 마음 한쪽이
찢어질 듯 아프니깐요

가장 아름다운 사람

세상에서 제일 아름다운 사람은 바로 자기 자신이죠
그러니 그런 그대가 더욱이 아름다울 수 있도록

전 옆에서 항상 그대의 곁에 행복만 가져다주고 싶습니다

EPISODE 20 짝

우리가 흔히 신는 운동화는
짝이 있어야 신을 수 있어요

운동화 한쪽이라도 없으면
절대 신을 수가 없죠

그대도 그 운동화처럼
아직 그 짝을 찾지 못한 것뿐이에요

그러니 떠나간 사람을
그대가 그리워하지도 말고
보고 싶어 할 필요도 애초에 없는 거죠

그냥 그대의 짝이 아니라 생각하기를

스쳐 지나갈 연으로 인해
부디 아파하지 않았으면 해요

분명 그대와 어울리는 사람은
그대 주변을 맴돌고 있을지도 모를 테니

그대에게 들려줄게요

●

| EPILLOG |

꽃

꽃이 아름답다고
그 꽃을 함부로 훼손하지 말기를

사람들에겐 그저 꽃 하나
대수롭지 않게 생각하겠지만

정작 꽃은
차마 말로는
표현 못 할 아픔과
고통을 느끼고 있단 것을

그러니 꽃을
쉽사리 함부로 만지지 말고
매사 소중히 다뤄주세요

그럼 그 꽃은
전보다 훨씬 더 아름다운
꽃을 피울 테니

| EPILLOG |

어머니

한평생 저희를 위해
힘들고 고된 작업을
마다치 않으며

그 고우고 아름다운 두 손은
저희 때문에 결국엔 퉁퉁 붓고
주름이 많은 못난이 손으로 바뀌어버리고

한창 꽃다운 청춘에
더해줄 아름다운 그 외모는
아름답게 꽃 한번 펴보지 못한 채
야속하기만 한 모진 세월이
당신의 아름다움을
다 가져가 버렸네요

이 못난 저희를 위해
고운 두 손도 아름다운 외모도
과감히 포기하시고
저희 키우는 일 하나만으로
한평생 사신 어머니

그런 어머니께
전 아직도 한없이 보살핌을
받아야 하는 처지지만

어머니를 항상 사랑한단
그 마음은 변하지 않기에
이렇게 제 가슴 깊숙이나마
하고 싶은 말이 있습니다

저희를 키워주셔서 정말 감사합니다
그리고 사랑합니다

어머니

| EPILLOG |

삶

아침은 출근길로
사람이 제일 많이 붐비는 시간대

오후엔 상사에게 꾸중 들으며
마음에도 없는 아부를 하며
상사의 눈치를 보고
업무량에 몸은 지치고 고된
하루 중 가장 힘든 시간대

저녁엔 지친 몸을 이끌며
사랑하는 사람과 함께 할 생각에
아침처럼 사람이 가장 붐비는 시간대

하지만 그대에게 있어 하루 중
가장 행복한 시간이겠죠

이렇게 오늘 하루
몸도 마음도 지친 사람들이
자기만의 스트레스를 풀기 위해

카페 가서 지인과 늦게까지
수다를 떨고 때론 술집으로 들어가
밤새도록 상사 욕을 하며 마음 놓고 취하는 곳

그렇게 사람들이 사는 세상은
빠르게 저물어만 갑니다

| EPILLOG |

세상

세상이 참 힘들어졌다
그 옛날엔 이렇게 힘들진 않았거늘

지금의 길거리 밖 풍경은
카페에 앉아 쓴디 쓴 아메리카노를 즐겨 마시며
사람들과 정답게 이야기할 수 있는 그런
잠깐의 자유마저 사라진 지 오래인 채

그저 시간에
정신없이 휘둘리며
바쁘게 움직이며 살아가고

이제 카페 안은 흥겨운 게
아닌 고요함만 가득하거늘

이런 고요함 속에
쓴디 쓴 아메리카노를 시킨 나 자신은
홀로 이렇게나 여유로운데

힘들지 마세요

| EPILLOG |

가게

사랑하는 그대

오늘 하루
저에게 힘들었던 일들은
야심한 밤 가게에 들어가서는

사랑하는 그대가
편히 이야기 털어놓을 수 있게
저는 조심히 소주와 안주를 시키고
그대의 벗 삼아 이야기 들어줄게요

오늘 하루 동안
많이 지치고 피곤했을 그대

그대가
억울하고 힘들었던 일
술잔을 비우며 저에게 털어놓을 수 있도록

전 그저 아무 말 없이
그대의 빈 술잔만
눈물이 아닌 술로 채워 놓을게요

그리고 그대가
점점 취기가 오른다면

그땐 혼자가 아니니
마음 놓고 울어도 돼요

그럼 저는 그대를
따뜻하게 보듬어 드릴 테니

사랑하는 그대여
정말 오늘 하루 수고했어요

지치고 고단했을 텐데
홀로 이렇게 버텨줘서 고마워요

| EPILLOG |

옥상

평소에는
마시지 못하는 소주와
간단한 안주거리를 마트에서 사들고

아름답게 펼쳐진 별들을 마음껏 볼 수 있는
전망 좋은 옥상에 올라가서

한 잔, 두 잔
혼자만의 시간을 갖고 술잔을 비우고 채우니

점점 취기가 올라올 때쯤
어느덧 시간이 지나 새롭게 떠오르기 시작한
환하고 아름다운 태양을 보고 있으니

옛날에는 쓴디쓴 그 술이
이렇게 나이를 먹어가니
이젠 이토록 달달한 맛이 날 줄이야

그 옛날 상상이나 했는가

아파하지도 마세요 ●

| EPILLOG |

담배

오늘도 모두가 잠든
달과 별이 가장 밝게 비추는 이 밤에

혼자 베란다로 나가
담배를 한 대 외로이 피우며

밤하늘에 떠있는 아름다운 달과 별
그리고 한적하기만 한 길거리를 보니

낮엔 아이들과 어른들로
시끌벅적한 그 동네는
이젠 고요하다 못해
내 심장소리만 들릴 만큼 적막하고

이런 나 자신조차
담배연기만 내뿜으며
오늘 하루도 길게 한숨만 쉬네

이토록 세상은 고요하고 맑은
새소리밖에 안 들리는데

나는 무엇이 버티기 힘들 만큼
외로워 홀로 고독하게 담배를 피우고 있는 건지

| EPILLOG |

우산

한때 정말 사랑했던 사람과
이별하는 날이 있고
그리고 그 사람 때문에
잠시 다른 사랑 한번 하지도 못하고

너무나 외롭고
가슴앓이만 했던 그 시간들이
이젠 아련한 추억의 빗물이 되어
종일 흘러내리겠죠

그렇다고 해서 그 비를
온몸을 적시고 있진 않을 테니

오히려 당당히 우산을 펴
내려오는 비를 다 막으며

아련한 추억이 깃든 그대를
이 빗물에 흘려보내겠죠

그리고 새로운 사람과
새롭게 시작하기 위해
그 우산을 펴들고
그대 앞으로 떨리는 마음으로 걸어가겠죠

그러니 저 멀리 내가 우산 쓰고
그대에게 걸어오는 모습이 보인다면
당장 힘차게 나에게 달려와 안아주세요

그럼 나는 우산을 던져버리고
그대에게 안기며 비를 함께 맞을 테니

그리고 가벼운 입맞춤을 한 후
우리의 새로운 사랑이 시작되겠죠

홀로 가슴 아팠던 그 비는 어느덧 개이고
이젠 따뜻한 햇살과 함께
눈부시게 환한 햇살이 비추어 줄 테니

| EPILLOG |

새

답답한 마음에
오래만에 시장에 나와 구경을 했다

돌아다니며 시장을 구경하니
힘찬 날개를 펄럭이며
사람들에게 자신을 알아봐 달라는
수많은 새장과 새들이 내 눈에 띄었다

그런 새장을 유심히 바라보니
문득 지금의 나 자신과
비슷한 상황 같아 신경이 쓰였다

그 좁디좁은 새장 속에
갇혀있으면서 언젠가 자유롭게
날 거라는 상상을 하며

그저 창문을 통해
시끄럽고 바쁘게 살아가는 세상을
한없이 초라하게만 구경하는 새들도 있는 반면에

오히려 화려한 날갯짓을 하며
저 하늘을 자유롭게 비행하고
직접 세상을 눈으로 보면서
자연의 이치를 따라가는 새들도 있기에

언제쯤이면 새장 속에 갇히는 게 아닌
자유롭게 날개를 펼칠 수 있을지

그렇게 생각하니 나 자신도 정작
저 새들과 다름이 없어 보이고
세월에 따라 그저 나이만 먹어가는 것일 뿐

내가 진정 이루고자 한 꿈들은
그 자리 그대로인 것을

| EPILLOG |

내린다

오늘 난 처음으로 내가 아무것도 하지 않고
헛세월만 낭비했단 걸
깨닫고 절망에 빠졌다

그래서 정말 내가 무엇을 위해
그토록 노력하고 계획을 짜고
그걸 실천에 옮기려 했는지

그냥 무작정 나 자신이
잘할 거라 조금이나마 믿었던 나에게
정말 깊은 배신감과 좌절을 맛보았다

그래서 한때 정말 허무하게 하나뿐인
인생을 보낸다 생각했다

하지만 주변에서 설득하길
네가 하고 싶어 했던 걸 포기하지 말고
그저 처음이라 아직 네가 두렵다면

늦거나 더뎌도 되니
천천히 한 걸음씩 해보는 게 어떠냐란 조언에
눈 녹듯이 내 암울함은 사라졌고
한줄기 빛, 희망이 보이기 시작했다

지금 내가 그동안
했던 걸 포기하는 게 아니다

단지 아직 두려움이 있어
잠시 내려놓지만
나는 확신한다

이 내려놓음이 언젠가
내 희망의 꽃을 피우리라고 말이다

| EPILLOG |

어른

어른들은 어린 저에게 이렇게 말합니다
"그 나이엔 뭐든지 할 수 있는
열정이 있으니 참 좋은 거야."

하지만 전 오히려 어른들에게 이렇게 말합니다
"꿈과 열정만 있다면 나이는 상관없지 않을까요."

제 말을 들은 어른들은 다시 저에게 되묻습니다
"꿈이 있으면 뭐 하니?
현실은 그저 죽지 않고
어떻게 해서든 삶을 살아가기 위함인데."

이미 꿈도 열정도 없이
그저 살아가기 위해
슬픈 눈을 하고 있는 어른들의 모습을 보니
제 자신이 오히려 그분들에게 너무나 죄송스러웠습니다

어릴 때 부푼 꿈을 꾸며
그 꿈을 위해 노력했지만
눈앞에 닥친 현실은 더 냉혹하고 차가웠기에

그런 힘겨운 삶을 살아오신 분들에게
따뜻하고 진심 어린 응원 한 번 해주지 못한 게

오늘 하루도 꿈은 접어두고
그저 힘든 삶을 버텨갈 분들에게
저는 이렇게 말하고 싶습니다

더 이상 삶 때문에
꿈을 포기하거나 접지 마세요

꿈을 이루기 위해 노력한 당신은
마음 한 구석 작은 빛이 분명 있으니까요

진심으로 사랑하는 에게

그대의 아름다운 내면을 보여주기를 바라며 ●

함께 있어 외롭지 않는
소중한 사람들에게

진심 어린 말을 적어
선물할 수 있는 소중한 책이 되길